未圓常恨就圓遲
圓後如何易就虧
三十夜中圓一夜
百年心事摠如斯
望月 宋翼弼 詩
乙酉新春
南領

秋興
乙酉元春
阮蓮齋人
南領

옛시 따라가며
지금 세상 바라보기

옛시 따라가며 지금 세상 바라보기

오여 김창욱과 함께 하는 옛시 산책

지은이 김창욱

초판1쇄 인쇄 2005년 3월 21일

초판1쇄 발행 2005년 3월 31일

펴낸곳 논형

펴낸이 소재두

편집 디자인공 이명림

표지디자인 디자인공 이명림

등록번호 제2003-000019호

등록일자 2003년 3월 5일

주소 서울시 관악구 봉천2동 7-78, 한립토이프라자 6층

전화 02-887-3561 **팩스** 02-886-4600

ISBN 89-90618-08-8 03810

가격 7,500원

옛시 따라가며 지금 세상 바라보기

오여 김창욱과 함께 하는 옛시 산책

인사말에 대신하여

무슨, 특별한 뜻이 있었던 것은 아니었습니다.

그저 옛책을 뒤적이며 사는 것이 직업이자 생활이다 보니, 이런 저런 책을 읽다가 유독 눈에 들어오는 글을 만나면 풀이하여 주변 사람들과 함께 읽곤 하였습니다.

해가 쌓이자 제법 분량이 늘어났고, 실없는 친구들 중엔 간혹 묶어서 책을 만들어보라고 권유하는 이도 있었습니다. 그러나 애초부터 책을 만들어 책방에 내 놓고 싶은 생각은 있지 아니하였습니다. 저 숨막힐 듯 빽빽이 들어찬 책방의 서가에 '김아무개'의 이름 적힌 물건 하나 더 들여놓는 일이 무슨 의미가 있을까 하는 의구심을 떨쳐낼 수 없었기 때문입니다.

그러나 사람 사는 일이 대개 그러하듯이, 처음 먹은 마음을 끝까지 유지하기가 그렇게 쉬운 일만은 아니었습니다. 주변의 권유도 권유지만, 시간이 지나고 듣기 좋은 말도 한번씩 듣게 되자 내 속에서도 은근히 얄팍한 딴 마음이 일어나기 시작하는 것이었습니다.

하여튼, 이러저러한 핑계로 구실을 붙여, 풀이하여 함께 읽던 글 중에서 이름 있는 옛시 몇 편을 따로 묶어 책으로 만들려 합니다. 맘에 드는 부분이 몇 군데라도 있었으면 좀은 덜 민망하겠습니다.

말이 나온 김에, 아울러 책의 제목을 '옛시 따라가며 지금 세상 바라보기'로 하게 된 연유에 대하여도 몇 마디하고 싶습니다.

주로 고문(古文)으로 된 자료들을 보면서, 읽는 글은 옛 것인데 읽는 사람은 지금 것이니 아무래도 이 둘을 이어주는 그 무언가가 있어야 하지 않을까 하는 생각이 들기 시작했습니다. 그러다가 드디어는, 지금 내가 읽고 있는 이 시란 과연 무엇인가? 하는, 약간은 뜻밖의 의문까지 생겨났지요.

시란 무엇일까요? 특히 고문으로 쓰여진 옛시란 지금 우리에게 과연 무엇일까요?

그런데, 가만히 들여다보니, 시도 하나의 길이었습니다. 그것이 강을 얘기했던, 산을 얘기했던, 은일을 노래했던, 분노를 내품었던, 결국은 사람과 사람, 사람과 세상 사이에 나 있는 여러 갈래의 길 중의 어느 하나일 뿐이라는 것을 알게 되었습니다.

사람들의 눈엔 그것들이 잘 다듬어진 고운 길과 거칠고 어수선한 힘든 길이 뒤섞여 있는 것처럼 보이겠지요. 그러나 내 눈에 비친 시의 길은 그렇지 않았습니다. 거칠고 곱다는 것은 그 길을 가는 사람의 눈에 단지 그렇게 보이는 것일 뿐, 그 길 자체야 처음부터 아무런 거칠고 고운 구별이 있지 아니하다는 것을 보게 되었습니다.

그리하여 나는 친구들에게 이런 방식을 제안하려 합니다. 우리는 그저 그 시의 길을 따라가며 그 주변에 펼쳐지는 이런 저런 세상 풍광을 바라보고 즐기기만 하면 되지 않을까 하는 말씀을요. 그저 바라보기만 하고 뛰어들지만 않는다면, 진정으로 바라보기만 할 수 있다면, 그것이 떨어지는 꽃잎이던 피어오르는 아지랑이이던 우리에게 축복이 될 수 있지 않을까 싶어서요.

그저 바라보기만 해야 한다면, 너무 무기력하게 느껴지시나

요? 지극히 개인적인 경우인지는 모르겠습니다만, 여러 해 동안 옛 시를 읽어 오면서 나로서는 가장 잘 안 되는 것이 바로 이 '바라보기' 입니다.

단순한 원고묶음이 하나의 책으로 나오기까지 주위의 많은 이들에게 여러 가지 도움을 받았습니다. 특히 소재두선생을 비롯한 논형의 여러분들께서 얼마나 애쓰셨을지, 미안하고 감사합니다. 그러나 무엇보다도 아름답고 격조 있는 그림으로 책의 품격을 한층 높여 주신 외우(畏友) 남령 최병익 선생의 후원과 보살핌에 대하여는 몇 자 글로써 그 고마움을 나타내기엔 오히려 민망하군요. 잊지 않겠습니다.

2005년 3월

진주 남강변 오여다경실에서

김창욱 손모음

차례

2 흐르는 물 향기를 품었네

3 그대, 보지 못하시나

4 열흘 붉은 꽃 없거니와

5 개인 듯 하더니만 다시 비오고

6 저기, 구름 이는 곳 사람 사는 집 있네

7 한 평생 뜻한 일도 저러하리니

更有松絃
彈譜外
只堪珍重
未傳人
崔沖詩
乙酉元春
南領

1

이 기쁨, 함께 할 이 그 누굴까

시비를 노래함

진정 옳은 것도 시비하면 틀려지니
시류에 끄달려 시비 다퉈 무엇하리
차라리 시비 떠나 저 높은 곳에 눈 둔다면
옳은 건 옳다하고 그른 건 그르다 할 수 있으련만

是非吟(시비음)

許厚(허후)

是非眞是是還非(시비진시시환비)
不必隨波强是非(불필수파강시비)
却忘是非高着眼(각망시비고착안)
力能是是又非非(역능시시우비비)

온 나라가 시비를 다투느라 시끄럽습니다. 모두들 자기만이 옳고 상대방은 그르다고 합니다. 이런 상태에서는 아무리 옳은 주장을 한다 하더라도 설득력을 얻기 힘듭니다. 또 다른 분란만을 야기할 뿐입니다. 차라리 잠시동안이라도 시비를 떠나 가만히 있는 것만 같지 못합니다.

일찍이 노자(老子)는 이렇게 말했습니다. '물러나고 물러났는데 오히려 다른 이의 앞에 서게 되고, 내 욕심을 하나도 챙기지 않았는데 오히려 모든 일이 내 뜻대로 된다.(後其身而身先 外其身而身存)' 이쯤 되고서야 드디어 옳은 것은 옳다 하고 그른 것은 그르다 할 수 있지 않겠습니까?

지은이 허후(1588~1661)는 호가 관설(觀雪)인데, 17세기 조선의 대학자 미수 허목(1595~1682)의 형입니다. 현령으로 재직하던 시절에는 법을 너무 엄격하게 다뤄 문제가 된 바 있고, 말년에는 예송논쟁에 뛰어들어 서인과 논전을 벌이기도 했던, 스스로 시비를 가리는 문제에 있어서는 결코 남에게 양보하지 않았던 인물로 알려져 있습니다. 아마도 위의 시는 그가 말년에 지난날의 시비다툼이 모두 부질없던 것이었음을 깨닫고 회한의 심정으로 지은 듯 합니다.

한말의 선비 매천 황현(1655~1910)의 절명시(絶命詩)가 생각나는군요. '가을밤 등불아래 읽던 책 덮고선/ 그윽이 지난 역사 헤아려 보니,/ 아, 한 시대 지식인으로 산다는 것/ 혼자서 감당하긴 너무 힘드네(秋燈掩卷懷千古 難作人間識字人)'

소 타고 가는 시골노인

무사태평 시골노인
느직이 소를 타고

부슬비에 반쯤 젖어
밭둑길을 지나간다

아마도 그 사는 집
물 가까이 있는겐가?

지는 해도 그를 좇아
시내를 따라가네

野叟騎牛(야수기우)

郭輿(곽여)

太平容貌恣騎牛(태평용모자기우)
半濕殘霏過隴頭(반습잔비과농두)
知有水邊家近在(지유수변가근재)
從他落日傍溪流(종타낙일방계류)

고려 때의 문인 곽여(1058~1130)의 칠절(七絶) 명품입니다. 시의 정경이 어쩌면 저리도 소박하고 태평스러운지 읽은 이도 덩달아 편안해 집니다. 평생을 욕심 없이 흙이랑 나무랑 물이랑 그렇게 함께 늙어왔으니 아쉬울 것도 바쁠 것도 없었겠지요.

청산에 한나절 소를 놓아먹이다가 저녁답에 돌아오는 하산길, 오는 둥 마는 둥 하는 안개비에 반쯤 옷이 젖었지만, 그까짓 게 무슨 상관, 그저 아무렇게나 편할 대로 소등에 올라타서는 터덜터덜 밭둑길을 지나가고 있습니다. 아마도 그의 집은 물가에 있는 듯, 시내를 따라 어슬렁어슬렁 내려가는데, 아, 저기 지는 해도 그를 따라 보조를 맞추고 있군요. 아무런 바쁠 게 없다는 듯이…

아름다운 그림입니다. 한편의 동화 같습니다. 푸른 소를 타고 가는 노자의 모습이 저랬을까요? 이 시를 두고 뒷날 이인로는 그의 《파한집》에서 '어찌 다만 선풍도운(仙風道韻)이라고만 하랴, 사람의 마음을 통채로 움직이고도 남겠다' 라고 절찬했습니다.

하는 일 없이

변화하는 세상 이치 고정된 모습 없나니
이 몸도 한가로이 때 따라 노니노라
몇 해 째 차츰차츰 애쓰는 맘도 줄어들어
오래 청산 마주할 뿐 시도 짓지 않는다네

無爲(무위)

李彦迪(이언적)

萬物變遷無定態(만물변천무정태)
一身閒適自隨時(일신한적자수시)
年來漸省經營力(연래점생경영력)
長對青山不賦詩(장대청산불부시)

회재(晦齋) 이언적(1491~1553) 선생의 인생관이 엿보이는 명품입니다. 여러 가지 풍상을 다 경험하고 드디어는 자연과 하나되는, 순리자적(順理自適)한 경지에 도달한 선생의 만년작인 듯 합니다. 아시다시피 선생은 동방 18현(문묘에 배향된 우리나라 유학자 18인) 중의 한 분으로, 우리나라 도학(道學)의 정맥을 잇는 뛰어난 성리학자입니다.

시의 전반부는 지은이의 세계관과 인생관이 잘 드러나 있습니다. 제행무상(諸行無常)이라 했습니다만, 천지자연에 존재하는 사물치고 때의 흐름에 따라 변천하지 않는 것이 어디 있겠습니까? 그러므로 변천하는 자연의 이치에 순응하는 것이 우리 인간이 취할 바른 도리라는 것이지요. 일찍이 공자는 도(道)를 묻는 제자들에게 흐르는 시냇물을 가리키며 "흐르는 것이 저와 같구나, 밤낮으로 쉬지 않는구나!" 하고 탄식하였는데, '이 몸도 한가로이 때에 따라 노닌다' 고 한 선생의 경지는 그런 공자의 천상지탄(川上之歎)과도 부합되는 것이 아닌가 싶습니다.

그러나 역시 이 시의 압권은 결구에 있습니다. '오래도록 청산을 마주하고 지낼 뿐, 시도 짓지 않는다' 는 이 구절은 산을 읊은 고래의 많은 시가 중에서도 단연 돋보이는 절창입니다. '마주 보아 서로 싫지 않은 건 오직 경정산 뿐(相看兩不厭 只有敬亭山)' 이라 한 이백의 고백이나, '종일토록 바라봐도 물리지 않으니, 그 산 한 자락 사다가 그 속에서 늙었으면(終日看山不厭山 買山終待老山間)' 이라 한 왕안석의 바람과 비교해서 조금도 떨어지지 않는 명구(名句)로 평가됩니다. 고산 윤선도의 시조가 생각나는군요. '잔 들고 홀로 앉아 먼 메를 바라보니/ 그리던 임이 오다 반가움이 이러하랴/ 말씀도 웃음도 아녀도 못내 좋아하노라'

누구에게 전할까

휘영청 그득한 달빛
연기 없이 뜰 밝히니

울멍줄멍 산 그림자
제 발로 찾아와 손님 되네

솔바람 거문고 되어
자연의 소리 들려주니

아, 이처럼 아늑한 기쁨
함께 할 이 그 누굴까?

絶句(절구)

崔沖(최충)

滿庭月色無烟燭(만정월색무연촉)
入坐山光不速賓(입좌산광불속빈)
更有松絃彈譜外(갱유송현탄보외)
只堪珍重未傳人(지감진중미전인)

고려 초기의 문신 학자인 문헌공 최충(984~1068)선생의 명품입니다. 선생이 어느 달 밝고 바람 맑은 밤에 송죽(松竹)소리 들으며 뜰을 거닐다 문득 읊은 한 수의 즉흥시인 듯 합니다. 선생은 만년에 구재학당(九齋學堂)을 세워 경학(經學)을 강의하여 해동공자로 추앙받았는데, 그의 제자들을 문헌공도(文憲公徒)라 했습니다.

달빛(月色)과 산 그림자(山光)와 솔바람 소리(松絃)만으로도 저처럼 진중한 즐거움을 누릴 수 있다니, 그러한 선생의 경지가 부럽기만 합니다. 그런데 그러한 즐거움은 다만 스스로 찾아 누릴 수 있을 뿐, 말이나 글로써 전해줄 수는 없다고 하니 그래서 또한 안타깝기도 하고요. 양(梁)의 은자 도홍경(陶弘景)의 시에도 그런 게 있지요. '산중에 있는 게 뭐냐시오면/ 고개 위엔 흰구름이 많사오이다/ 다만 스스로 즐길 수 있을 뿐/ 가져다 드릴 수는 없사오이다.'

부질없구나

사람의 한 생애 부질없기는
바람 앞에 일렁이는 촛불 같은 것일텐데

헛된 부귀 탐하는 맘 가진 이 치고
죽기 전에 만족한 이 그 누가 있었던가?

신선이 되기야 기약할 수 없다지만
세상 일 저토록 엎치락뒤치락 요사스러우니
어쩌랴, 잔 들고 노래부르며
하릴없이 처마 끝이나 바라보며 살 수 밖에

雜興(잡흥)

崔惟淸(최유청)

人生百世間(인생백세간)
忽忽如風燭(홀홀여풍촉)
且問富貴心(차문부귀심)
誰肯死前足(수긍사전족)
仙夫不可期(선부불가기)
世道多飜覆(세도다번복)
聊傾北海酒(료경북해주)
浩歌仰看屋(호가앙간옥)

인생무상이라 했습니다만, 백년도 견디지 못하는 생인데 언제나 천년 시름을 품고 사는 것이 또한 우리의 삶입니다. '변고는 눈 깜짝할 사이에 있거니, 누가 능히 백년을 버티랴?' 고 탄식한 옛사람의 시구처럼 인생이란 그야말로 풍전등화 같건마는 부귀심에 한번 물들게되면 죽기 전엔 스스로 만족할 줄 모르니, 애닯은 일이라 하지 않을 수 없습니다. 그렇다고 이 땅에 발붙이고 살면서 세상일을 훨훨 떨쳐버릴 수도 없는 노릇이니, 그것이 또한 우리들의 슬픈 자화상입니다.

이런 때에 지은이 최유청(고려 의종 때의 문신)은 엎치락뒤치락하는 세상일에서 한걸음 물러나 잔이나 기울이며 자족(自足)하며 살기를 권하고 있습니다. '자, 한잔 들고 마음 너그러이 하게나, 인정이란 뒤집히는 물결 같은 것이니(酌酒與君君自寬 人情飜覆似波瀾)' 라고 한 왕유(王維)의 노래가 생각납니다.

대나무 그림

세상사람 속된 병 걸리면 고치기 참 어렵다는데
기백의 처방인즉, 대나무가 제일이라
이제 갓 붓을 놓아 먹물도 채 마르지 않았건만
맑은 바람 불어와 벌써 창자 속 탐욕을 말끔히 씻어주네

竹石軸(죽석축)

李方膺(이방응)

人逢俗病便難醫(인봉속병변난의)
岐伯良方竹最宜(기백양방죽최의)
墨汁未乾纔擱筆(묵즙미건재각필)
淸風已淨肺腸泥(청풍이정폐장니)

또 선거 철이 되었나 봅니다. 한결같이 자기는 완전하고 상대방은 부족하다고들 합니다. '인생이란 결국 눈밭에 남은 기러기 발자국 같이 부질없는 것' 이라 했습니다만, 공명심에 한번 물들게 되면 죽기 전엔 스스로 그만 둘 수가 없는 노릇인가 봅니다. 일찍이 당의 승려 왕범지는 '제아무리 높은 사람일지라도 끝은 모두 하나의 죽음이요, 제아무리 산해진미 배불리 먹어도 결국은 다 같은 똥이로구나' 라고 했지요.

청나라 때의 문인 이방응은 이처럼 사람들이 헛된 공명심에 빠지게 되면 고치기가 여간 어려운 것이 아닌데, 오직 대나무만이 특효가 있다고 하는군요. 대나무 그림으로 사람들의 속된 병을 고칠 수 있다는 그 발상 자체가 참신합니다. 하긴 그 이전에도 '고기를 먹지 않고는 살 수 있어도 대나무 없이는 살 수 없다' 고 한 소동파나 '사람이 사는데 단 하루라도 대나무가 없어서는 아니 된다' 고 한 왕희지의 글이 있긴 있습니다만, 대나무를 그린 그림만으로도 능히 속병(俗病)을 말끔히 치유할 수 있다는 지은이의 시의(詩意)가 한층 새롭습니다. 옛 선비들이 한결같이 사는 집 뒤안에 대를 심어 기르고, 방안에는 대나무 그림을 걸어 둔 이유가 단지 멋으로만 그러한 것이 아님을 이제 알 수 있겠습니다.

제 2구에 나오는 '기백(岐伯)' 은 의술에 능통한 황제(黃帝) 때의 신하라고 하며, 제 3구의 '재각(纔擱)' 은 (그림 그리던 붓을) 이제 막 놓다라는 뜻입니다.

적천사를 지나며

너럭바위 쓸고 앉아
흐르는 물 하릴없이 바라보고 있는데
저기,
걸망 하나 둘러멘 산승(山僧)이 지나간다

"스님, 반석이 좋으니 좀 쉬어 가시지요"
"고맙소이다"
"……"
"……"

"어디서 오시는 길이신지요?"
"소승은 운수객(雲水客)이라, 머무는 곳이 없다오.
아마도 저 흰 구름 따라 여기까지 왔나보오"

過磧川寺(과적천사)

申維翰(신유한)

掃石臨流水(소석임유수)
問師何處來(문사하처래)
言師無所住(언사무소주)
偶來白雲回(우래백운회)

무소주(無所住)라, 머무는 곳이 없으니 걸릴 것도 없고, 걸릴 것이 없으니 아쉬운 것도 없는 삶, 온 곳이 없으니 갈 곳도 없고, 갈 곳이 없으니 어디든 가지 못할 곳이 없는 삶, 구름 따라 물 따라 발길 닿는 곳이 곧 내 집이니, 이름하여 운수객(雲水客)이라, 대자유인이로구나.

부럽습니다. 옛 시 하나가 생각나는군요. '흰 구름 속엔 청산도 많고/ 푸른 산 속엔 백운도 많다/ 매일 매일 구름 산 오래도록 벗하니/ 이 한 몸 편안케 할 내 집 아닌 곳이 없다네.'

지은이 신유한은 조선 숙종 때의 뛰어난 문장가입니다. 적천사는 경북 청도군 화악산에 있는 신라고찰이고요.

그윽히 사는 즐거움

사람 사는 번잡한 곳에 초막 한 칸 지었는데
오고가는 시끄런 소리 들리질 않구나.
묻노니 그대여, 어찌 그럴 수 있나요?
마음이 멀어지니 땅이 저절로 벗어나더이다.

동쪽 울타리 아래에서 잘 익은 국화를 따며
멀리 남쪽 산을 그윽히 바라보니
으스름 산기운은 한층 더 아름답고
나는 새 짝을 지어 제 집으로 돌아가네.
아, 이 가운데 내 사는 속 맛이 있건마는
이 소식 알리려 하나 설명할 말을 잊었네.

雜詩(잡시)

陶潛(도잠)

結廬在人境(결려재인경)
而無車馬喧(이무거마훤)
問君何能爾(문군하능이)
心遠地自偏(심원지자편)
採菊東籬下(채국동리하)
悠然見南山(유연견남산)
山氣日夕佳(산기일석가)
飛鳥相與還(비조상여환)
此間有眞意(차간유진의)
欲辨已忘言(욕변이망언)

'귀거래사(歸去來辭)' 로 유명한 동진(東晋)의 처사 도연명(陶淵明, 365~427))의 명품입니다. 《문선(文選)》에는 '잡시' 라는 제목으로 실려 있으나, 《도정절집(陶靖節集)》 에는 '음주(飮酒)' 라는 제목으로 실려 있기도 합니다.

여유 있는 사람들이 경치 좋고 아늑한 곳에 별장을 짓는다, 주말농장을 만든다 하며 바쁘게 다니지만, 도연명은 다른 생각을 가지고 있는 듯 합니다. 장소의 문제가 아니고 마음의 문제라고 말입니다. 참다운 즐거움은 스스로의 마음속에서만이 얻을 수 있으니 굳이 말로 표현할 필요가 없으며, 또한 표현하고자 하여도 형용할 수 있는 성질의 것이 아니라고 하니까요. '마음이 멀어지니 땅이 저절로 벗어난다(心遠地自偏)' 고 한 시인의 경지가 부럽습니다.

맘 내키는 대로

시냇가 외딴 초가
한가로이 홀로 삶에

달 밝고 바람 맑아
흥취 절로 일어나네

찾아오는 손 없으나
산새들 지지배배

대숲 가에 평상 놓고
누워서 책을 보네

述志(술지)

吉再(길재)

臨溪茅屋獨閑居(임계모옥독한거)
月白風淸興有餘(월백풍청흥유여)
外客不來山鳥語(외객불래산조어)
移床竹塢臥看書(이상죽오와간서)

고려 말 삼은(三隱) 중의 한 분이자 조선조 사림파(士林派)의 원조로 존중받는 야은(冶隱) 길재(1353~1419) 선생의 만년 작입니다. 선생이 암운이 감도는 고려말의 흉흉한 정계를 떠나 구미의 금오산(金烏山)에 은거하여 자연을 벗하며 한가롭게 지내던 때의 심사를 적은 것이라 여겨집니다.

서울에서 멀리 떨어진 외진 곳에 살지만, 그래서 찾아오는 손님도 별로 없지만, 철 따라 바뀌는 간단없는 시냇물 소리가 있고, 산 너머로 찾아드는 밝은 달과 맑은 바람이 있고, 이제는 통역 없이도 알아들을 수 있는 산새들의 지저귐이 있고, 거기다 책 속의 고인들과 시도 때도 없이 격의 없는 대화를 나눌 수 있었다 하니, 자족자락(自足自樂)하는 선생의 모습이 눈에 선합니다. 그밖에 바랄 게 또 무엇이 있었겠습니까? 나중에 태종임금이 된 이방원이 그처럼 불러내려 하였지만, 끝내 뜻을 굽히지 않은 것이 조금은 이해가 됨직도 합니다.

마지막 구의 '누워서 책을 본다(臥看書)' 는 표현이 참 묘합니다. 성리학자로 이름높은 선생이 정금위좌(正襟危坐)가 아닌, '누워서(臥)' 라고 했는데, 틀 속에서 자라 마침내 틀을 깨고 나온 무애자득(無碍自得)의 경지인지, 낙천(樂天)을 말함인지…, 오래도록 여운이 남습니다. 옛사람들이 현묘한 시구(玄句)가 있다고 하더니만, 이런 게 그런 겐가 하는 생각이 들기도 하고요.

아침에 한 잔 술 마시니

아침에 한 잔 술 마시니
그윽한 마음 천지와 하나되고,
부질없는 딴 생각 없이
해 높도록 느직하게 한가로이 누웠네.

날 저물어 한 권 책 읽으니
맘 맞는 벗과 말하는 듯 뜻이 통하고,
만날 사람 만난 듯 기쁨에 겨워
밤 깊도록 여전히 홀로 앉았네.

다시 거문고에 흥취가 일어
한가로이 줄 고르니 마음 더욱 편안하고,
또한 미친 듯 시상(詩想)이 일어나
붓을 들어 휘갈기며 그칠 줄을 모르네.

오직 이러한 일들로
낮과 밤을 지내며,
음산한 장마철에도
두문불출 십여일을 보냈노라.

아, 나는 이제야 알았네,
고독하게 사는 인간만이
편한 마음 오래도록 보존할 수 있음을

效陶潛體詩
(효도잠체시)

白居易(백거이)

朝飮一杯酒 冥心合元化
(조음일배주 명심합원화)

兀然無所思 日高尙閒臥
(올연무소사 일고상한와)

暮讀一卷書 會意如嘉話
(모독일권서 회의여가화)

欣然有所遇 夜深猶獨坐
(흔연유소우 야심유독좌)

又得琴上趣 按絃有餘暇
(우득금상취 안현유여가)

復多詩中狂 下筆不能罷
(부다시중광 하필불능파)

唯玆三四事 持用度晝夜
(유자삼사사 지용도주야)

所以陰雨中 經旬不出舍
(소이음우중 경순불출사)

始悟獨往人 心安時亦過
(시오독왕인 심안시역과)

취음선생(醉吟先生) 낙천 백거이(白居易, 772~846)의 명품입니다. 알고 있는 바와 같이, 백거이는 두보 · 이백과 함께 당(唐)을 대표하는 삼대시인 중의 한사람입니다. 젊은 시절에는 유학의 수기치인(修己治人)의 가르침에 따라 강직한 관료생활을 하였으나, 40대 이후에는 현실정치 참여에 한계를 느껴 노장과 불교에 심취, 한적(閑寂)과 은일(隱逸)을 노래하는 작품을 많이 남겼습니다. 특히 시와 거문고와 술을 삼우(三友)라 하여 좋아하였다지요. 그런 취음선생이 '편한 마음을 오래도록 간직하려면 고독하게 살아야 한다' 고 하는군요. 여러분들께서는 지금 편안하십니까?

溪雲過水
添山翠
花片粘河
作水香
有客停橈
釣春渚
滿船
清露
濕衣裳
董其昌詩
乙酉元春
南領

2

흐르는 물 향기를 품었네

그대에게

그동안 안부를 묻자오니
어찌 지내시는지요?

달빛이 창에 비치오매
그리운 맘 끝이 없사옵니다

아, 꿈길에 가는 넋이
발자취를 남길 수 있다면

그대 문 앞 돌길은 닳고닳아서
곱디고운 모래밭이 되었으리다

贈雲江(증운강)

李玉峯(이옥봉)

近來安否問如何(근래안부문여하)
月到紗窓妾恨多(월도사창첩한다)
若使夢魂行有跡(약사몽혼행유적)
門前石路便成沙(문전석로변성사)

허난설헌과 함께 조선중기를 대표하는 여류시인 이옥봉이 멀리 떠나있는 남편에게 보내는 애틋한 사랑시입니다. '꿈길 밖에 길이 없어 꿈길로 간다' 고 한 황진이의 절창이 있습니다만, 얼마나 그리워서, 얼마나 찾아갔기에 돌길이 닳고닳아 모래밭이 되었을까요? 생각만으로도 가슴 멍멍합니다. 그리움도 이쯤되면 아름다움이지요. 이런 편지를 받을 수만 있다면 애끓는 이별일지라도 한번 해 봄직 하겠지요? 속 모르는 소리라고요? 이같이 아름다운 절창 앞에서 그까짓 속 좀 없으면 또 어떻겠습니까?

이옥봉은 선조 때 옥천군수를 지낸 이봉(李逢)의 서녀로, 15세에 운강 조원(雲江 趙瑗)의 소실이 되었습니다. 빼어난 시를 많이 남겨 조선제일의 여류시인으로 칭송 받았으나, 40세가 되기도 전에 임진왜란을 만나 죽은 것으로 추정됩니다.

송강의 묘소를 지나며

비 내리는 빈 산 소소히 잎은 지는데
적막도 하여라 재상의 풍류여!
애닯다, 한잔 술도 드릴 수 없으니
옛날의 그 노래는 이를 두고 일렀을레

過松江墓有感(과송강묘유감)

權韠(권필)

空山落木雨蕭蕭(공산낙목우소소)
相國風流此寂寥(상국풍류차적요)
惆悵一杯難更進(추창일배난갱진)
昔年歌曲卽今朝(석년가곡즉금조)

시인 석주(石洲) 권필(1569~1612), 시가 좋고 세속에 물들기 싫어, 주는 벼슬도 마다하고 스승 송강과 더불어 하루종일 통음하고 하루종일 작시(作詩)하며 물 흐르듯 꽃 피듯 그렇게 살다간 시인, 석주 권필의 절창입니다. 그런 석주가 어느날 먼저 간 스승 송강 정철의 무덤을 찾았습니다. 시름없이 내리는 가을비에 나뭇잎이 뚝뚝 소리를 내며 떨어지는 빈 산자락, 봉긋한 흙무더기 하나, 이것이 존경하던 스승의 무덤, 일국을 호령하던 정승의 모습이라니, 그렇게 애음하던 술, 그 술 한잔 여기 무덤 앞에 따라놓고 스승이 들기를 기다리건만 술잔은 감감소식, 흠향의 흔적이 없습니다.

'한 잔 먹세그려, 또 한 잔 먹세그려, 꽃 꺾어 셈하면서 무진무진 먹세그려. 이 몸 죽은 후에 지게 위에 거적 덮어 졸라매어 지고 가나, 화려한 꽃상여에 만인이 울며 가나, 억새 속새 떡갈나무 백양 속에 가기만 하고 나면, 누른 해 흰 달 가는 비 굵은 눈 쌀쌀한 바람 불 제, 누가 한 잔 먹자 할꼬? 하물며 무덤 위에 잰나비 휘파람 불 제 뉘우친들 무엇하리.' 스승이 일찍이 탄식하여 부르던 옛날의 그 노래(장진주사, 將進酒辭)야말로 지금의 이 을씨년스러운 정황을 그대로 묘사하고 있지 않은가.

석주의 시는 이처럼 촉촉히 젖어 있습니다. 수다를 떨지 않고도 사람을 움직입니다. 뒷날 허균은 이 시를 읽고선 '절세미인이 화장도 않은 차림으로, 구름도 귀 기울일 장엄하고도 처절한 노래를 촛불 아래서 부르다가, 다 끝내지도 않은 채 일어나 나가 버린 듯 하다' 고 평한 바 있습니다.

영월군 누각에서

한 마리 원통한 새 되어 왕궁에서 쫓겨와
외로운 몸 깊은 산에서 쓸쓸히 지내네
밤마다 잠자려하나 잠은 오질 않고
해마다 한 없애려해도 한은 끝이 없네

소쩍새 울음 그친 새벽, 달도 지려 하는데
떨어진 꽃잎 내 맘 아는지 봄 골짜기 붉게 물들였네
아, 하늘도 무심하여 이 원통한 호소 듣지 못하건만
어찌하여 한 많은 이 내 귀는 이리도 밝은지

寧越郡樓作(영월군누작)

端宗(단종)

一自寃禽出帝宮(일자원금출제궁)
孤身隻影碧山中(고신척영벽산중)
假眠夜夜眠無假(가면야야면무가)
窮恨年年恨不窮(궁한년년한불궁)

聲斷曉岑殘月白(성단효잠잔월백)
血流春谷落花紅(혈류춘곡낙화홍)
天聾尙未聞哀訴(천롱상미문애소)
何奈愁人耳獨聰(하내수인이독총)

조선 제 6대 왕인 단종이 영월로 유폐되어 원통함과 외로움으로 잠 못 이루며 지은 피맺힌 절창입니다. 단종은 12세에 즉위하여 재위 3년에 폐위되어 영월에 유폐되었다가 17세에 승하하였습니다. 단종은 밤마다 영월의 매죽루(梅竹樓)에 올라가 사람으로 하여금 피리를 불게 하였는데, 이 시는 소쩍새 울음에 자신의 처지를 의탁하여 지은 것으로 생각됩니다.

그대에게 이 슬픔 알게 하리라

월하노인 통하여 명부(冥府)에 하소연해
다음 생엔 우리 부부 바꾸어 태어나리
나는 죽고 그대 홀로 천리 밖에 살아 남아
그대에게 이 슬픔 알게 하리라

配所輓妻喪(배소만처상)

金正喜(김정희)

聊將月老訴冥府(료장월노소명부)
來世夫妻易地爲(내세부처역지위)
我死君生千里外(아사군생천리외)
使君知有此心悲(사군지유차심비)

추사 김정희가 유배지에서 아내의 부음을 전해 듣고, 차마 말로 다 할 수 없는 애통함을 한 수 절구로 표현한 만가(輓歌)입니다. 원 제목은 '유배지에서 아내의 죽음을 슬퍼하며' 쯤이 되겠지요. 달리 덧붙일 말이 없군요.

제 1구의 '월노(月老)'는 부부의 연을 맺어준다는 월하노인을 이르는 말입니다. 우리 옛시조 한자락이 생각나는군요.

우리 둘이 후생(後生)하여
네 나 되고 내 너 되어

내 너 그려 긋던 애를
너도 날 그려 긋쳐 보렴

평생에 내 설워하던 줄을
돌려볼까 하노라

님 그리는 마음

달 지고 별도 져
저만치 날 밝아 오는데

작은 호롱 밝혀 놓고
밤새 잠 이루지 못했네

겉옷 걸치고서
다시 문밖 내다보니

아침 까치 반가운 소리
서운한 마음 애써 달랜다

閨情(규정)

李端(이단)

月落星稀天欲明(월락성희천욕명)
孤燈未滅夢難成(고등미멸몽난성)
披衣更向門前望(피의갱향문전망)
不忿朝來鵲喜聲(불분조래작희성)

당의 시인 이단의 슬프고도 아름다운 연시(戀詩) 입니다. 스스로 여인의 입장이 되어 님을 기다리는 애틋한 마음을 노래한 것인지, 아니면 어느 규방 여인의 청탁을 받아 그녀를 위해 대신 써준 것인지는 알 수 없지만, 어쩌면 저리도 님 그리는 여인의 마음을 잘 나타내고 있는지, 놀랍습니다.

규정(閨情)이란 님을 그리는 여인의 마음을 일컫는 말입니다. 아마 이 시의 주인공은 님과 떨어져 지낸 지가 제법 오래되었나 봅니다. 지금쯤은 오실 때가 되었다고 생각하고 있는 듯 합니다. 그때부터 기다림은 시작되지요. 이제나저제나 하며 기다리다 밤을 꼬박 새웠습니다(夢難成). 새벽녘이 되어서야 드디어 바깥에서 무슨 기척이 들립니다. 반가운 마음에 옷을 제대로 입지도 못하고(披衣) 화들짝 문을 열었습니다. 그러나 기다리던 님의 모습은 보이지 않고, 아침까치 한 마리가 찾아와 반갑게 울고 있을 뿐입니다(朝來鵲喜聲). 이 허전한 맘, 어찌 말로 다 할 수 있을까요? 그러나 까치가 울면 반가운 손님이 오신다 했으니, 오늘은 정말 님이 오시겠지 하며 서운한 마음 달래며(不忿) 문을 닫습니다. 돌아서는 여인의 쓸쓸한 뒷모습이 눈에 선합니다. 나라도 대신 찾아가 한마디 위로의 말이라도 해 주고 싶습니다.

가을 밤 빗소리를 들으며

가을바람 흐느끼듯 스산히 읊조리나니
애닯다, 세상 길에 참된 벗 하나 없구나
창밖엔 삼경의 비 시름겹게 내리는데
가물가물 등잔 앞엔 그립다, 만리 밖을 헤매는 아득한 마음

秋夜雨中(추야우중)

崔致遠(최치원)

秋風唯苦吟(추풍유고음)
世路少知音(세로소지음)
窓外三更雨(창외삼경우)
燈前萬里心(등전만리심)

우리나라 역대 오언절구 중 최고의 걸작으로 평가되는 고운선생의 절창입니다. 요즘 같은 늦가을, 추적추적 비오는 밤에 읽기 적합한 시이지요. 늦가을 깊은 밤, 흐느끼듯 스산히 읊조리는 바람소리에 잠은 오지 않고, 가물거리는 등잔불 앞에 우두커니 앉아서 시름겹게 내리는 빗소리를 듣고 있자니, 자연히 이런 저런 어수선한 상념들이 일어났겠지요.

때는 계림황엽(鷄林黃葉), 신라의 국운은 이미 기울어가고, 이 예측할 수 없는 난세에 진정으로 나의 참 뜻을 알아주는 지기(知己) 하나 없구나 하는 생각에 미치자, 마음은 어느덧 젊은 날의 당나라 유학 시절로 달려갑니다. 12세에 입당(入唐)하여 18세의 약관으로 그곳 과거에 급제하여 중국문단에 문명(文名)을 떨치던 그 패기만만하던 시절, 그 때 함께 사귀며 인생을 이야기하고 문학을 토론하며 밤을 지새던 그 친구들의 모습이 하나 둘씩 떠오르고, 그러나 이제는 다시 돌아갈 수 없는 먼 시간 속의 일일 뿐, 지금은 온 천하를 두루 돌아보아도 몸 의지할 곳 한 군데 없고, 마치 하늘 한 끝에서 얼쩡거리는 구름과 같이, 지친 몸 외로이 혼자 가는 길이니, 아, 부질없구나, 모든 것이 한낮 물거품 같은 것을…. 아마 이런 심정이었겠지요.

그런데 그런 허전하고 암울한 기분을 단지 바람 소리 · 비 소리 · 등잔불의 일상적인 세 가지 제재만으로써 절묘하게 표현하고 있습니다. 어렵고 복잡한 말들을 길게 늘어놓지 않고서도 저처럼 뛰어난 작품을 만들 수 있다니, 고운선생의 시적 탁월성이겠지만, 한편으로는 해설이랍시고 온갖 어줍잖은 말놀이를 해대는 필자를 부끄럽게 하는 글이기도 합니다.

황학루

황학은 옛사람이 이미 타고 떠나고
이곳엔 황학없는 황학루만 남았네
한 번 간 황학은 다시 돌아오질 않는데
흰구름만 유유히 천년을 오고간다

맑은 강엔 한양의 나무 역력히 비치고
앵무주엔 향긋한 풀 무성히 자라나네
저기, 해는 저무는데 내 집은 어디인고
강 위에 자욱한 안개 시름만 자아낸다

黃鶴樓(황학루)

崔顥(최호)

昔人已乘黃鶴去(석인이승황학거)
此地空餘黃鶴樓(차지공여황학루)
黃鶴一去不復返(황학일거불부반)
白雲千載空悠悠(백운천재공유유)
晴川歷歷漢陽樹(청천역력한양수)
芳草萋萋鸚鵡洲(방초처처앵무주)
日暮鄉關何處是(일모향관하처시)
煙波江上使人愁(연파강상사인수)

당나라 시인이 지은 칠언율시 중에서 가장 뛰어난 작품으로 칭송되는 최호의 시 '황학루' 입니다. 각지를 유람하며 명승지마다 시를 남긴 이태백도 황학루에 대하여는 시를 짓지 않았는데, 그 이유가 황학루 시판(詩板)에 걸린 최호의 이 시를 보고서는 '이것만으로도 충분하구나. 내가 다시 쓸 필요가 없구만' 하면서 붓을 던져버렸기 때문이라고 합니다.

황학루는 호북성 무창현 서쪽 황학산에 있는 누대인데, 옛날 신선이 누른 학(黃鶴)을 타고 하늘로 올라갔다는 전설에서 붙여진 이름입니다. 지은이 최호(704~754)는 19살에 진사가 되어 벼슬길에 나섰으나, 세속의 명예보다는 오히려 술과 바둑 등 잡기를 즐기며 한 생을 유유자적하게 살다간 시인으로 알려져 있습니다.

'한양' 은 지금의 호북성 한양현을 말하고, '앵무주' 는 호북성 무창현 서남쪽에 있는 섬 이름입니다.

봄날은 가고

꽃잎은 하염없이 바람에 지고
만날 날은 아득타 기약이 없네
무어라 맘과 맘은 맺지 못하고
한갓되이 풀잎만 맺으려는고

春望詞(춘망사)

薛濤(설도)

風花日將老(풍화일장노)
佳期猶渺渺(가기유묘묘)
不結同心人(불결동심인)
空結同心草(공결동심초)

우리가 흔히 부르는 '동심초'라는 노래입니다. 소월의 스승인 김억(金億)이 당(唐)의 시인 설도가 지은 '춘망사'를 우리말로 옮긴 것이지요. 한시의 번역이 과연 어떠해야 하는 지를 잘 보여주고 있다 하겠습니다.

제 1구의 '풍화(風花)'는 바람에 꽃이 흔들린다는 뜻이고, '일장노(日將老)'란 장차 해가 지려 한다는 의미인데, 이것을 '꽃잎이 하염없이 바람에 진다'고 풀었으니, 우리 같은 사람으로서야 엄두도 못 낼 번역이지요. 제 2구의 '가기(佳期)'도 아름다운 약속 또는 즐거운 언약이란 뜻인데, 이것을 '만날 날은 아득타, 기약이 없네'라고 하였으니, 번역문만으로도 원시(原詩)에 전혀 뒤지지 않는 절창이 되었습니다.

'동심인(同心人)'은 마음을 함께 하기로 한 연인을 말하며, '결동심초(結同心草)'란 두 사람의 마음을 영원히 하나되게 하려는 기원으로 풀잎을 맺는다는 의미입니다.

예전에 읽어서 무슨 책인지 분명하지는 않습니다만, 그 책에 의하면, 연인들 사이에 풀잎을 맺어 마음을 연결하는 풍습이 당대(唐代)에서부터 있어왔다고 하더군요.

未圓常恨就圓遲
圓後如何易就虧
三十夜中圓一夜
百年心事摠
如斯 詩
望月 宋翼弼
乙酉新春
南領

3

그대, 보지 못하시나

기와 굽는 사람

집 앞 흙 다 파내어 기와를 굽건마는
자기 집 지붕에는 기와 한 장 없고,
열 손가락에 한 줌 흙 묻히지 않아도
촘촘히 기와 얹은 큰집에서 사네 그려

陶者(도자)

梅堯臣(매요신)

陶盡門前土(도진문전토)
屋上無片瓦(옥상무편와)
十指不霑泥(십지불점니)
鱗鱗居大廈(인린거대하)

지은이 매요신(1002~1060)은 북송시대의 이름난 시인입니다. 그는 오랫동안 지방에서 관료생활을 하였는데, 그 때 서민들의 피폐한 생활고를 직접 보고 겪으면서 봉건사회의 근본적인 모순과 부조리에 대하여 깊이 회의하였습니다. 그리하여 당시 사회의 부조리를 고발하고, 가난과 절망에 빠진 서민들의 입장을 대변하는 작품을 많이 남겼습니다. 위의 시 '도자(陶者)' 도 그러한 시인의 사회의식이 강하게 드러나 있는, 이른바 참여시라 할 수 있겠습니다.

기와공은 매일 기와를 굽느라 집 앞의 흙을 다 파냈지만 기와 한 장 없는 초라한 움막에서 살고, 손에 흙 한 번 묻히지 않은 사람들은 오히려 고기비늘처럼 촘촘하게 기와 얹은 큰집에서 산다니, '맨발인 사람들은 토끼를 뒤쫓고, 가죽신을 신은 자는 그 고기를 먹는구나' 라는 구절을 생각나게 합니다.

시인과 같은 시대를 산 장유(張兪)도 '누에치는 여인(蠶婦)' 이라는 시에서 '어제 성에 갔다가/ 돌아올 때는 눈물이 수건에 가득했네/ 온 몸에 비단을 걸친 자들은/ 누에치는 사람들이 아니었다네' 라고 탄식했습니다만, 생각해보면 참으로 어이없고 슬픈 일입니다. 그 때 이미 그런 자각과 각성이 있었음에도 불구하고 그러한 모순과 부조리가 단지 당시의 상황으로만 끝난 것이 아니라는 이 역사적 사실이 말입니다.

창고 안의 쥐

양곡 창고 늙은 쥐 크기가 말(斗)만한데
문 열고 사람 들어와도 달아나질 않네
병사 군졸 양식 없고 백성 함께 굶주리건만
누가 감히 아침마다 네 놈 주둥이를 살찌우는고?

官倉鼠(관창서)

曹鄴(조업)

官倉老鼠大如斗(관창노서대여두)
見人開倉亦不走(견인개창역불주)
健兒無量百姓饑(건아무량백성기)
誰遣朝朝入君口(수견조조입군구)

관창(官倉)이란 정부 양곡 저장 창고를 말합니다. 그 창고 안에 도사리고 앉아 끊임없이 식량을 갉아먹고 있는 쥐가 있다니, 그것도 보통 쥐가 아니고 크기가 말(斗)만 한 큰 쥐라니 이쯤 되면 큰 일도 보통 큰 일이 아닙니다. 재치 있는 독자라면 벌써 알아챘겠지요. 그 쥐가 무엇을 풍자하고 있는 줄을 말입니다.

지은이 조업은 당나라 때의 문인인데, 그때도 지금과 마찬가지로 국가 재정을 좀먹는 엉터리 관리들이 많았나 봅니다. 그런 탐관오리들이 얼마나 미웠으면 쥐새끼에 비유를 했을까요. 그 심정이 이해가 가고도 남습니다. 사실 조그마한 새끼 쥐 몇마리 뿐이라면 그나마 다행이겠습니다만, 사람을 보고도 도망가지 않을 정도의 큰 쥐라니 그게 문제지요.

그런데, 참 신기한 일입니다. 그때의 그 우환덩어리 큰 쥐가 천년도 더 지난 오늘날까지 죽지도 않고 살아남아 21세기 한국사회를 이리도 분탕질치며 돌아다니니, 이 기막힐 노릇을 어떻게 말해야 할까요? 차라리 보고도 못 본 척, 들어도 못 들은 척, 눈멀고 귀 막힌 사람처럼 살아야 할까요? 알 수 없습니다.

가난 속의 우정을 노래함

손을 펴면 구름 되고 뒤집으면 비가 되니
어지럽고 경박한 사람 어이 셀 수 있으랴
그대 보지 못하시나, 관중과 포숙아의 가난할 때 사귐을
요즘 사람들 이런 우정 흙덩이처럼 내버리네

貧交行(빈교행)

杜甫(두보)

飜手作雲覆手雨(번수작운복수우)
紛紛輕薄何須數(분분경박하수수)
君不見管鮑貧交時(군불견관포빈교시)
此道今人棄如土(차도금인기여토)

'군자들의 사귐은 물같이 담담하고, 소인들의 사귐은 단술같이 달콤하다(君子之交淡如水 小人之交甘如醴)' 라는 말이 있습니다만, 지은이 두보는 요즘 사람들의 친구사귐이 이해득실에 따라 손바닥을 뒤집듯 어지럽고 경박하다고 한탄합니다. 가난하고 어려운 시절에 사귄 사람이야말로 진정한 친구인데, 요즘 사람들은 자기에게 유리하면 사귀다가도 그렇지 않으면 언제 보았냐는 듯이 멀리합니다. 득의할 때는 구름처럼 모여들다가도 실의에 빠지게 되면 비처럼 떨어져 나가니, 우정이란 것이 마치 손바닥을 뒤집는 것처럼 가벼워졌습니다. 이러한 각박한 현실에 시인은 절망하고, 한편으로는 옛 사람들의 감동적인 우정을 그리워합니다. 바로 춘추시대 제나라에 살았던 관중과 포숙아의 사귐(管鮑之交)이지요.

옛사람들은 좋은 친구 하나가 황금 만 냥보다도 낫다고 했습니다. 그런 좋은 친구 하나 없이 큰 성취를 이룬 이는 있지 않다고도 했습니다. 황금 만 냥보다도 더 귀한 친구, 서로 얼굴을 알고 호형호제하며 함께 술 마시는 사람이야 온 천하에 가득하겠지만, 진정 자기를 알고 자기를 대신할 수 있는 사람은 몇이나 될까요? 그 아버지를 알려거든 먼저 그 자식을 보고, 그 사람을 알려거든 먼저 그가 사귀는 친구를 보라고 한 옛사람의 말이 생각납니다.

친구에게 술 권하며

여보게, 한 잔 하시고 마음 편히 하시게
세상 인심 뒤집어지는 것 출렁이는 파도 같으니
오래도록 알고 지내도 뒤통수치기 예사이고
먼저 높이 되면 뒤따르는 자 비웃는다네

酌酒與裴迪(작주여배적)

王維(왕유)

酌酒與君君自寬(작주여군군자관)
人情飜覆似波瀾(인정번복사파란)
白首相知猶按劍(백수상지유안검)
朱門先達笑彈冠(주문선달소탄관)

말도 많고 탈도 많던 선거가 끝났습니다. 누구는 득의(得意)하여 희희낙락 우쭐대고, 누구는 실의(失意)하여 망연자실 울적합니다. 그러나 한 걸음만 물러나서 바라보면 한번 뜻한 바를 이뤘다고 해서 그렇게 양양할 것도 없으며, 한번 어긋났다고 하여 또한 그렇게 낙담할 필요도 없을 것입니다. 도대체 세상일이란 한치 앞도 내다볼 수 없는 오리무중이니까요.

자연시파의 거두이자 남종화의 비조로 알려진 당의 왕유(701~761)는 실의에 빠져 낙담하고 있는 친구 배적(裴迪)을 불러 술 한 잔 권하며 이렇게 위로합니다. '여보게, 그렇게 속상해 하지 마시게. 세상 인정이란 원래 그런 게 아니겠나. 이랬다 저랬다 뒤집어지는 것이 마치 출렁이는 파도 같이 종잡을 수 없는 것이니, 이제 그만 마음 풀고 술이나 한 잔 하시게.' 하고 말입니다. 옳은 말이지요. 검은머리가 희끗희끗 할 때까지 서로 알고 지내던 사람도 이해관계에 얽히면 언제 봤냐는 듯이 돌아서는 것이 세상인심이라고 했으니, 뜬구름 같은 세상일에 일희일비(一喜一悲)하지 말고 초연하고 당당하게 자신의 길을 가는 것이 옳다는 말이겠지요.

요즘 세간에서 화제가 되고 있는 300년 만석꾼 경주 최부자집의 유훈(遺訓)에 이런 말이 있더군요. '득의담연(得意淡然)하고 실의태연(失意泰然)하라'

백이 · 숙제를 생각하며

말고삐 붙들고서 감히 그르다 말했으니
당당하고 높은 기개 일월처럼 빛나건만
그대 먹은 초목 또한 주나라 땅에서 자랐으니
아쉽다, 그 고사리 먹은 것이 유독 걸리는구려

伯夷叔齊(백이숙제)

成三問(성삼문)

當年叩馬敢言非(당년고마감언비)
大義堂堂日月輝(대의당당일월휘)
草木亦霑周雨露(초목역점주우로)
愧君猶食首陽薇(괴군유식수양미)

만고충신 매죽헌(梅竹軒) 성삼문 선생이 조카의 왕위를 찬탈한 수양대군(세조)을 제거하려다 실패하고 옥중에서 지은 절창입니다. 제 1구의 당년(當年)은 주나라 무왕(武王)이 강태공을 군사(軍師)로 삼아 은나라의 폭군 주(紂)를 치려고 진군(進軍)할 때를 말합니다. 그 때 고죽국(孤竹國)의 두 왕자인 백이 · 숙제는 무왕의 말고삐를 부여잡고, 주(紂)가 아무리 포악하다고 하나 그래도 천자(天子)임에는 분명하니, 신하의 몸으로서 천자의 나라를 치는 것은 옳지 못하다(不義)고 하며 전쟁의 부당성을 진언합니다. 그러나 주왕은 '우리는 천자 주를 치는 것이 아니라 무도한 일개 필부 주를 치는 것' 이라는 유명한 논리를 펴며 진군하여 마침내는 은나라를 무너뜨리지요. 전쟁이 끝난 후에 무왕은 백이 · 숙제가 현인이란 것을 알고서 중용(重用)하려 했지만, 그들은 주나라는 불의(不義)한 나라라고 하여 벼슬을 살지 않음은 물론 불의한 나라에서 나는 음식도 먹을 수 없다고 하여 수양산으로 들어가 고사리를 캐먹다가 굶어 죽었다고 합니다.

우리의 성삼문 선생은 이러한 백의 · 숙제의 절의를 높이 샀지만, 한편으론 그들이 먹은 고사리조차도 불의한 땅에서 났으니 먹지 않았어야 옳은 것이 아니냐고 하는군요. '수양산 바라보며 이제를 한하노라/ 주려 죽을진들 채미도 하난것가/ 아무리 푸새엣 거신들 그 뉘 땅에 났다니' 선생의 기개에 그저 말문이 막힐 따름입니다.

벼랑 끝에 핀 난초

높은 곳에 살지만
아래로 향하니
그 품격 한층 귀하고

위태로운 상황에도
의젓함 잃지 않으니
기상 더욱 돋보이네

하늘의 저 해는
오늘 져도 다시 뜰 수 있겠지만

한번 내린 저 뿌리는
결코 옮겨갈 수 없으리

題懸崖蘭圖(제현애난도)

宗衍(종연)

居高貴能下(거고귀능하)
值險皆自持(치험개자지)
此日或可轉(차일혹가전)
此根終不移(차근종불이)

난도(蘭圖)란 난초를 그린 그림인데, 제현애난도(題懸崖蘭圖)라 하였으니, 벼랑에 매달려 뿌리를 내린 난초그림에 붙인 시를 말합니다.

벼랑 끝 높은 곳에 살지만 그 잎은 아래로 쭉 뻗어 있으니 겸양의 덕을 갖췄다 할 수 있고, 척박한 벼랑 끝에 뿌리를 내렸지만 의젓한 자태 잃지 않으니 장부의 기상을 닮았다고 칭찬할 만 하겠습니다.

그러나 이 시의 지은이는 그에 머물지 않고 저 난초의 '처변불경(處變不驚, 위태로운 상황에도 지조를 잃지 않는 강건함)'을 들어 의리 따위는 안중에도 없이 시류에 휩쓸리는 속된 사람들을 질책하고 있군요. 참으로 요즘 언론보도를 보면 우리 주위에 난초만도 못한 사람들이 지천으로 널려 있는 것이 아닌가 하는 의구심이 들 때도 있습니다.

내 어리석음 스스로 아노니

세상사람 나를 두고 어리숙다 비웃지만
나는 세상사람 지혜 많음을 한탄한다

지혜롭다 하는 자들 어찌 그리 간교하고
간교한 그 사람들 어찌 그리 속이는가
지혜롭다 하는 자들 귀하게 대접받고
어리숙한 사람들은 하찮게 버림받지만

천하게 버림받음 내 오히려 달게 받고
귀하게 드러나는 것 내 피하지 않겠노라

나는 나의 어리석음 스스로 잘 아노니
의(義)를 위해 죽는 일이 무슨 허물이 있겠는가?

我愚我自知歌

金昌淑(김창숙)

世罵我太愚(세매아태우)
我歎世多智(아탄세다지)
智者何其巧(지자하기교)
巧者何其僞(교자하기위)
智者多貴顯(지자다귀현)
愚者多賤棄(우자다천기)
賤棄固所甘(천기고소감)
貴顯非所企(귀현비소기)
我愚我自知(아우아자지)
何傷死於義(하상사어의)

잘나고 똑똑한 사람들이 저다지도 많은데, 어쩐 일인지 나라는 더욱 어수선하고 사람들은 한층 고달픕니다. 어쩌면 저 지혜롭다고 자처하는 이들은 배운 것도 많고 아는 것도 많지만 정작 알아야 할 것은 하나도 모르는 '헛똑똑이' 가 아닌지 모르겠습니다. 일찍이 바울로 성인이 '이 세상의 지혜는 하느님이 보시기에는 어리석은 것' 이라 했습니다만, 과연 무엇이 지혜로움이고 무엇이 어리석음인지 조차도 알기 어려운 세상이 되었습니다.

심산 김창숙(金昌淑, 1879~1962) 선생은 평생을 조국의 광복과 정의의 실현을 위하여 자기가 가진 모든 것을 희생한 유학자이며, 독립운동가이고, 교육자입니다. 그런 선생이 '헛똑똑이' 들이 횡행하는 당시의 세태를 꾸짖으며, 스스로 '나는 어리석은 사람이요' 하며 외치고 있습니다. 생전의 백범 선생이 유일하게 무서워한 분이 당신 어머님 말고는 오직 심산 선생 한 분 뿐이라고 했다는데, 우리 시대에는 왜 심산 선생 같은 분이 보이지 않는 걸까요? 선생의 장부다운 지혜로움에 절로 머리가 숙여집니다.

홍류동에서

더 크게 더 깊이 다퉈 새긴 이름들
금가고 이끼끼니 뉘 다시 알아줄까?
한 자도 아니 새긴 고운선생 가셨지만

紅流洞戲題(홍류동희제)

李建昌(이건창)

大書深刻競壘壘(대서심각경루누)
石泐苔塡誰復知(석륵태전수부지)
一字不題崔致遠(일자부제최치원)
至今人誦七言詩(지금인송칠언시)

가야산 해인사의 홍류동 계곡에 가보신 분은 아시겠습니다만, 그 아름다운 계곡의 바닥과 주변 절벽이 온갖 난삽한 글자들로 훼손되어 있습니다. 하긴, 그런 눈꼴사납고도 부끄러운 유산(?)이 차라리 홍류동 계곡 한 곳에만 집중되어 있는 것이라면 오히려 다행이겠습니다만, 불행히도 전국 방방곡곡 어디를 가나 풍광이 아름답고 사람들의 발길이 끊이지 않는 명승지에는 어느 한 곳 빠지지 않고 그런 흉한 모습이 적나라하게 드러나 절경의 풍취를 반으로 줄이고 있으니 서글프고도 안타까운 현상이라 아니할 수 없습니다.

조선말 뛰어난 문장가요 척양주의자(斥洋主義者)로 이름 높았던 지은이 이건창(1852~1898)은 빼어난 칠언절구 한 수로 이런 한심한 작태의 부질없음을 꾸짖고 있습니다. 그는 이렇게 묻고 있지요. 그 잘난 이름 석자 아무리 크고 깊이 새겨놓아 본들 그것이 어찌 무상한 세월의 흐름을 견딜 수 있겠는가. 저 고운 최치원 선생은 가신 지 천년이 지났건만 지금도 우리가 그 이름을 잊지 않고 그 시를 외우고 있으니, 그것이 과연 무엇 때문이겠는가? 부끄럽습니다.

일찍이 노자는 이런 말을 했지요. "스스로 드러내지 않으므로 오히려 널리 드러나고, 스스로 뽐내지 않으므로 오히려 오래도록 기억된다(不自見故明 不自矜故長)" 옛 성인이 뭐가 아쉬워 우리를 속이는 빈 말을 했겠습니까?

造化都無十日花
甚能繁者實無多
今人競尚文華美
浚盡根源奈用何
退溪詩
乙酉元春 南領

造化
都無
十日花
春能繁
者實無多
今人競尚文華美
浚盡根源奈用何
退溪詩

4

열흘 붉은 꽃 없거니와

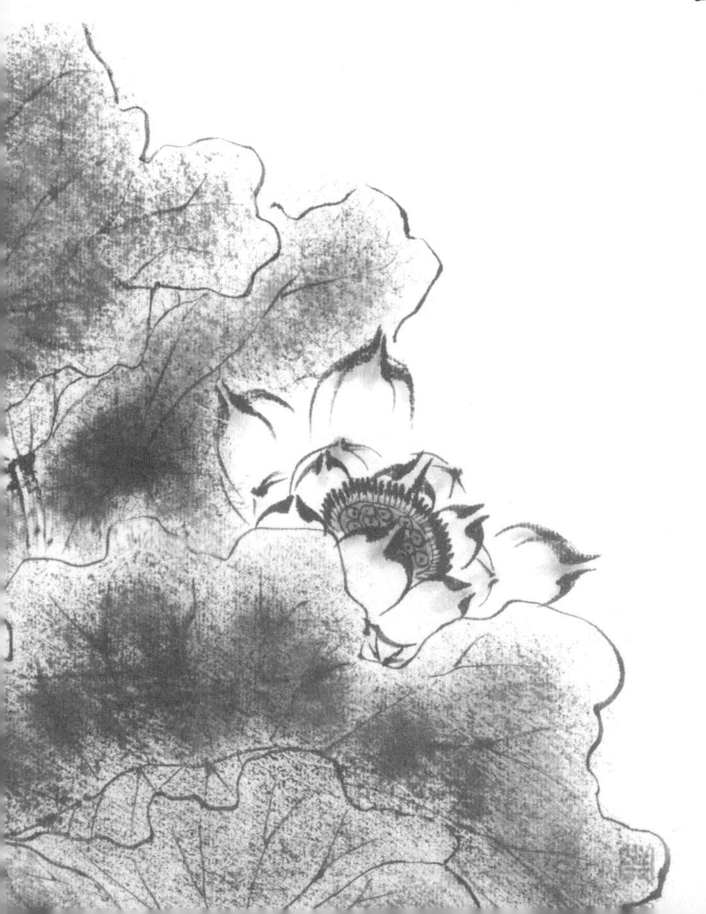

열흘 붉은 꽃 없거니와

자연의 조화에도 열흘 붉은 꽃 없거니와
꽃이 번화한 것일수록 열매는 보잘 것 없더라
요즘 사람들은 다투어 문장의 아름다움만 숭상하니
근원을 몰각해 버리고서야 그것들이 다 무슨 소용 있으리

無十日花(무십일화)

李滉(이황)

造化都無十日花(조화도무십일화)
花能繁者實無多(화능번자실무다)
今人競尚文華美(금인경상문화미)
沒盡根源奈用何(몰진근원내용하)

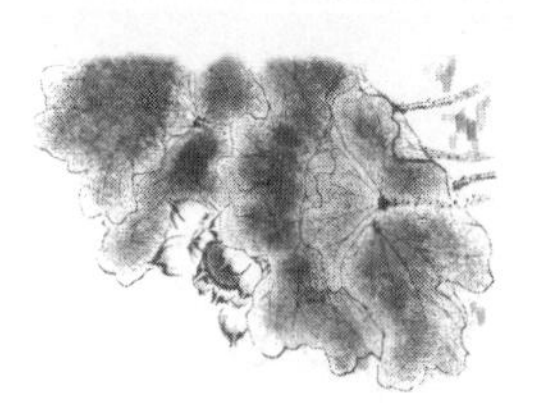

퇴계 이황선생(1501~1570)의 절구 한 수를 소개합니다. 아시는 바와 같이 퇴계는 우리나라의 여러 뛰어난 학자 중에서도 특히 심오하고 정밀한 철학적 사색을 하신 분으로 잘 알려져 있습니다. 그런 퇴계가 신중하지 못하고 겉모습 치장에만 매달리는 당시의 속된 선비들에게 일침을 가하는 칠언 절구입니다.

속을 알차게 가꾸는 데는 소홀하면서도 겉모습 꾸미는 일에만 전전긍긍하는 잘못된 세태가 어찌 퇴계선생 당시에만 국한된 문제였겠습니까만, 과연 크고 화려한 꽃을 피우는 나무 치고 열매 또한 튼실한 것은 아직까지는 보지 못한 듯 합니다.

사람이 어찌 저 빈틈없는 자연의 이치를 거스르고서도 제 명대로 살 수 있겠습니까? '뿌리깊은 나무는 바람에 아니날새…' 하고 노래한 선조들의 가르침을 새삼 떠올리게 하는 퇴계선생의 경책입니다.

달 밝은 밤에 매화를 노래함

고즈넉이 창가에 기대서니
밤 기운 차가운데

매화 핀 가지 끝에
아, 둥근 달이 걸렸구나

여기 다시 살랑바람
청해서 무엇하랴

맑은 향 스스로 피워내어
정원 가득 채웠거늘

陶山月夜詠梅(도산월야영매)

李滉(이황)

獨倚山窓夜色寒(독의산창야색한)
梅梢月上正團團(매초월상정단단)
不須更喚微風至(불수갱환미풍지)
自有淸香滿院間(자유청향만원간)

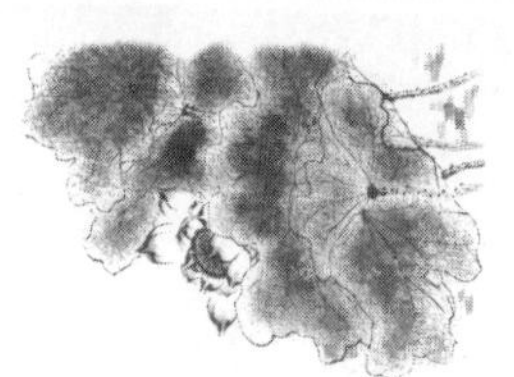

설중매(雪中梅)라 하였습니다만, 벌써 여기 저기서 매화 핀 소식이 들려 옵니다. 옛부터 선비들은 추위를 무릅쓰고 피어나는 매화의 그 강인하고도 고결한 기품을 사랑하여 매화를 사군자(四君子)의 으뜸으로 삼아 높이 대접하였지요.

북송(北宋) 때의 시인 임보(林逋) 같은 이는 워낙 매화를 좋아하여 매화를 아내로 삼아 평생 벼슬도 하지 않고 매화나무를 가꾸고 매화시를 쓰며 유유자적 살았다고 합니다만, 우리의 퇴계선생도 임보 못지 않게 매화를 좋아하였던지 매화와 의형제를 맺고선 어디를 가나 매화나무를 심고 가꾸며 수십여 수의 매화시를 지었습니다.

특히 이 시의 후반부는 도학자로서의 퇴계선생이 후생(後生)들에게 주는 은근하고도 간절한 가르침이 감춰져 있는 듯 하여 더욱 소중합니다.

매화가 봄바람으로 하여금 향기를 선동케 하지 않아도 때가 되면 스스로 향기를 피워내어 온 집안을 청향(淸香)으로 가득 채우듯이, 학덕(學德)이란 의도적으로 선전하고 광고하지 않아도 깊어지고 넓어지면 저절로 널리 널리 소문이 퍼지는 법이니, 서두르지 말고 한걸음 한걸음 꾸준히 나아가야 한다는 가르침이 행간(行間)에 함축되어 있지요.

매화를 그리며

종이 펼쳐 붓 달리니
먹빛 또한 산뜻하고

벙긋, 매화 피워 내니
마음 더욱 즐겁구나

맑은 바람 청해와
이 향기 멀리멀리 날려서

집집마다 거리마다
활짝, 봄 피어나게 했으면

題畵梅(제화매)

李方膺(이방응)

揮毫落紙墨痕新(휘호락지묵흔신)
幾點梅花最可人(기점매화최가인)
願借天風吹得遠(원차천풍취득원)
家家門巷盡成春(가가문항진성춘)

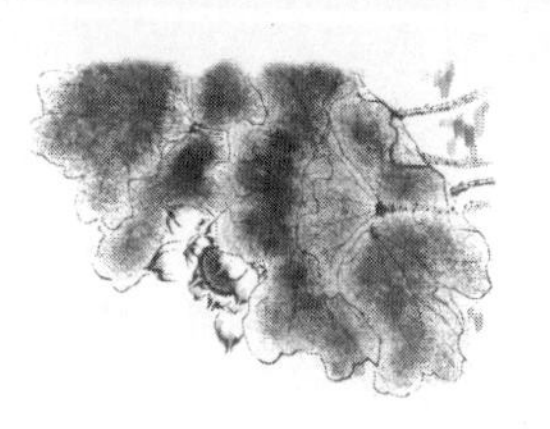

매화시 한 수를 더 즐기려 합니다. 앞에서 말씀드린 바와 같이, 시인묵객 치고 매화를 좋아하지 않은 이가 있었겠습니까만, 그 중에서도 유독 매화를 좋아한 사람으로 북송(北宋) 때엔 시인 임보(林逋)가 있었고, 조선조엔 퇴계선생이 있었지요. 그런데 이 시를 지은 이방응도 매화를 사랑하기로는 결코 임보나 퇴계에 못지 않았습니다.

이방응은 청나라 때의 문인인데 그림도 잘 그려, 스스로 매화 그림을 그리고 그 그림에 시를 지어 부치기를 즐겼다고 합니다. 위의 시도 그가 그린 매화그림에 부친 것인데, 지금 그림은 볼 수 없지만, 이 싯구만으로도 그의 매화에 대한 사랑과 활달한 화풍(畵風)을 엿볼 수 있겠습니다. 특히 맑은 바람 청해와 이토록 산뜻한 매화향을 온 세상 사람들에게 골고루 나눠주고 싶다고 한 제3, 4구에는 온 세상을 따스한 봄볕으로 감싸안고 싶어하는 시인의 대승적 인류애가 짙게 배어 있습니다. 그러한 시인의 마음이 그가 피워낸 매화향보다도 더욱 포근하고요.

봄밤에 내리는 비를 기뻐하며

좋은 비 때를 알아
봄 되니 내리는데
한 밤 중에 가만 가만 바람 따라 스며들어
소리 없이 온 세상을 촉촉하게 적시네

구름 낮게 깔려 들판 길은 어둡고
나룻배 불빛만이 홀로 반짝이더니
어스름 동틀 무렵 저기, 붉그스레 물든 곳 바라보니
아, 금관성 도처가 꽃으로 활짝 덮였네

春夜喜雨(춘야희우)

杜甫(두보)

好雨知時節(호우지시절)
當春乃發生(당춘내발생)
隨風潛入夜(수풍잠입야)
潤物細無聲(윤물세무성)
野徑雲俱黑(야경운구흑)
江船火獨明(강선화독명)
曉看紅濕處(효간홍습처)
花重錦官城(화중금관성)

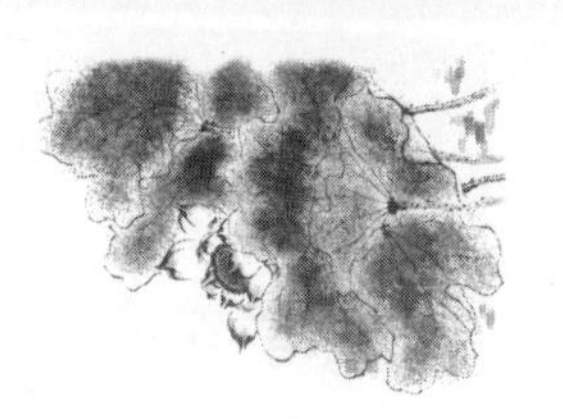

시성(詩聖)으로 불리는 당의 두보(712~770)가 어느 봄날 밤에 만물에 생기를 불어넣는 단비가 촉촉이 내리는 것을 보고, 그 기쁨(喜)을 그윽하고도 생동감 있게 표현한 명품입니다. 알려진 바와 같이 대부분의 두보의 사회시는 눈물(淚), 슬픔(哀), 질병(病), 쇠약(衰) 등의 비관적 시어가 주조를 이루고 있습니다. 그러나 이 시에서는 그와 같은 어두운 그림자는 찾기지 않고, 오히려 왕유나 맹호연의 자연시에서나 맛볼 수 있는 산뜻하고 청신한 시풍(詩風)이 듬뿍 담겨있습니다.

전편을 통하여 대시인의 섬세한 관찰력과 뛰어난 상상력을 엿볼 수 있는데, 싯구(詩句)에서는 기쁨(喜)을 구체적으로 드러내지 않았으나 전체의 분위기를 은근히 기쁨으로 이끄는 솜씨라든지, 청각적 효과와 시각적 효과를 교묘하게 배합하여 살려내는 노련함을 보면서 과연 두보로구나 하는 생각이 절로 듭니다.

마지막 구의 '금관성' 은 촉(蜀) 땅에 있는 성도(成都)를 말하는데, 촉의 특산품인 비단을 관장하는 곳이 이곳에 있었다고 하여 생긴 이름이라 하는군요.

꽃을 보고서

세상사람 부질없이 꽃 보기만 좋아할 뿐
그 꽃 꽃핀 과정 볼 줄 모르네
저 꽃 피어난 데서 생명의 이치 볼 수 있어야
비로소 꽃을 본다 할 수 있으리

看花吟(간화음)

朴尙玄(박상현)

世人徒識愛看花(세인도지애간화)
不識看花所以花(불식간화소이화)
須於花上看生理(수어화상간생리)
然後方爲看得花(연후방지간득화)

춘분도 이제 며칠 남지 않았습니다. 완연한 봄 햇살과 함께 온갖 꽃들이 만발하겠지요. 그런데 이 시의 지은이는 저 화사한 꽃들을 두고 우리를 질책하는군요. 꽃의 화려한 겉모습만 보지 말고, 그 꽃이 피어나기까지의 전 과정을 함께 보라고 말입니다. 하긴, '한 송이 국화꽃을 피우기 위해 봄부터 소쩍새는 그렇게 울었나보다' 라고 노래한 시인이 있습니다만, 꽃 한 송이에서 대 자연의 이치를 볼 수 있다면, 좋겠지요. 따지고 보면, 생명의 이치가 어디 한 송이 꽃에만 담겨있겠습니까? 우주만상, 두두물물(頭頭物物)에 그 이치 담겨있지 않은 곳이 없겠지요. 그러나 우리 같은 범부들로서야 너무 버겁군요. 꽃은 그저 꽃일 뿐, 그렇지 않아도 이것저것 머리 굴리느라 정신없을 텐데 꽃을 두고서도 또 그 속에 담긴 의미를 생각하라니, 모처럼 일어난 홍취가 사그라들지나 않을지 마음이 쓰입니다.

그래도 참 좋은 시임은 분명합니다. 쉬운 시어(詩語)로도 저처럼 깊은 의미를 담아낼 수 있다니 놀랍기도 하고요. 지은이 박상현(1629~1693)은 조선 중기의 학자인데, 특히《대학》에 밝았다고 합니다. 주자(朱子)의 학문을 근본으로 삼아 퇴계 · 율곡 · 사계선생 등을 높이 받들며 벼슬보다는 성리학을 깊이 연구하는데 일생을 바친 분으로 알려져 있지요. 문득 이런 말이 생각나는 군요. '눈에 보이는 것은 가짜다. 정말 중요한 것은 눈에 보이지 않는다. 아름다운 삶이란 눈에 보이지 않는 것을 보면서 사는 삶이다.'

패랭이꽃

세상사람 모란의 화사함을 좋아하여
온 정원 가득히 심어 사랑하는데

뉘라 알랴, 저 거친 들 풀숲 언저리에도
좋은 꽃 무리 지어 자라나고 있음을

못물에 곱게 스민 달빛 같은 색채에
바람결에 실려오는 방죽나무 향기 같은

애석타, 땅이 후져 귀한 분들 못 찾으니
아리따운 자태를 촌부에게 맡기네

石竹花(석죽화)

鄭襲明(정습명)

世愛牧丹紅(세애목단홍)
栽培滿園中(재배만원중)
誰知荒草野(수지황초야)
亦有好花叢(역유호화총)
色透村塘月(색투촌당월)
香傳壟樹風(향전롱수풍)
地偏公子少(지편공자소)
嬌態屬田翁(교태속전옹)

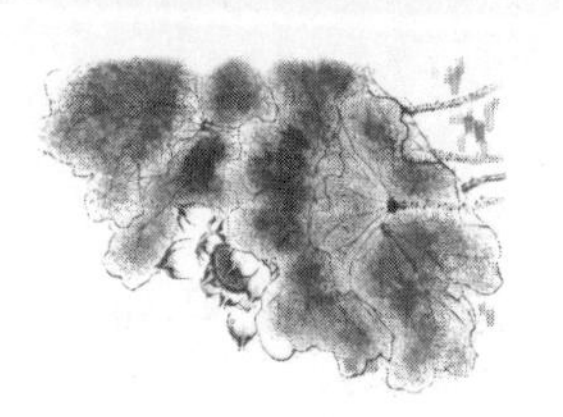

지은이 정습명은 고려 예종~인종 때의 문인입니다. 뛰어난 재주와 굳건한 기상을 지녔으나 세상이 알아주지 않았던 모양입니다. 그런 그가 세상의 권세에 아첨하지 않고, 때를 기다리며 유유히 자신을 가꿔 가는 선비의 삶의 모습을, 거친 들 외진 곳에서 알아주는 이 없어도 제 빛깔 제 향기를 바람결에 실어내고 있는 한 떨기 패랭이꽃의 고결한 자태에 기탁하여 노래했습니다.

'애이불원(哀而不怨, 슬퍼하되 원망하지는 않는다)' 이라는 말이 있습니다만, 뒷날 이 시를 읽게 된 예종은 '아직도 이런 사람이 있었더란 말이냐?' 하며 즉각 그를 옥당으로 불러 올렸다고 합니다.

이 봄날에

나라는 흘렁이나
산과 강은 여전하고

온 세상 봄이 되니
초목만이 무성하다

시국을 생각하니
꽃을 봐도 눈물이 나고

이별이 한스러워
새소리에도 가슴이 뛴다

春望(춘망)

杜甫(두보)

國破山河在(국파산하재)
城春草木深(성춘초목심)
感時花濺淚(감시화천루)
恨別鳥驚心(한별조경심)

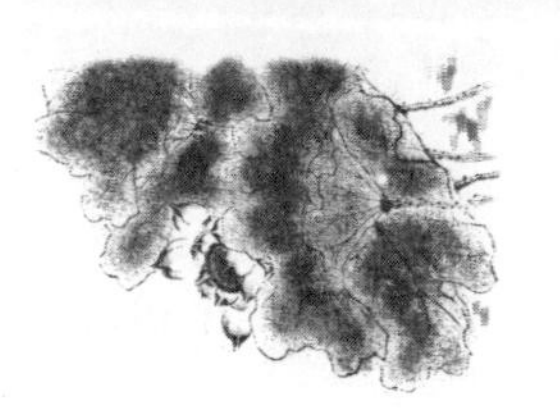

시성(詩聖) 두보의 대표작으로 널리 알려진 '봄에 바라보다(春望)'의 앞부분을 지금 우리 사회의 모습에 견주어 풀어보았습니다. 원래 이 시는 두보의 나이 46세 되던 당나라 숙종 2년(757), 두보가 안록산의 반란군에 붙잡혀 장안에 억류되었다가 풀려난 후에 쓴 것입니다. 내란으로 인한 당시의 처참한 광경은 낭만적인 이백 조차도 '백골이 언덕과 산을 이루니, 백성들이 무슨 죄가 있단 말인가' 하고 애통해마지 않았습니다만, '나라가 깨졌다(國破)'고 한 두보의 절규가 천이백 년도 훨씬 더 지난 지금의 우리에게 어쩌면 이다지도 절실하게 와 닿는지 모르겠습니다.

네편 내편 편가름에 죽어나는 것은 죄 없는 소시민이니, 꽃을 봐도 눈물이 나고, 새소리에도 가슴이 철렁합니다. 시절은 틀림없는 봄날이건만, 시국은 아직도 얼음장입니다.

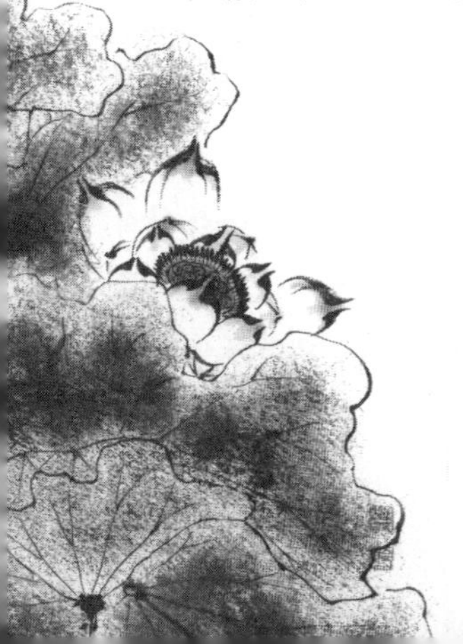

신응사에서 글을 읽다가

싱그러운 풀로
봄 산의 정취 더욱 푸르기만 한데

옥 같은 시냇물 사랑스러워
오래도록 내 마음 떠나질 않네

아, 세속에 살면서
세상사에 얽매이지 않을 수 없나니

물은 물 따라 흐르고
구름은 구름 따라 돌아가는 것을…

讀書神凝寺(독서신응사)

曺植(조식)

瑤草春山綠滿圍(요초춘산녹만위)
爲憐溪玉坐來遲(위련계옥좌래지)
生世不能無世累(생세불능무세루)
水雲還付水雲歸(수운환부수운귀)

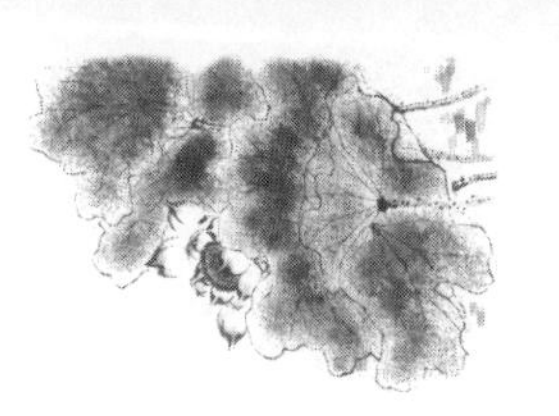

남명 조식선생(1501~1572)은 퇴계 이황과 함께 16세기 조선 사상계를 대표하던 큰 학자입니다. 그는 특히 지리산을 사랑하여 열 번이 넘게 지리산 곳곳을 유람하였는데, 말년에는(1561) 거처를 아예 천왕봉이 보이는 덕산의 사륜동으로 옮기기까지 했습니다. 지금 덕산 초입에 있는 '산천재' 가 바로 그때 지은 집입니다.

위의 시는 남명이 김해 산해정에서 공부하던 어느 해(1539) 봄날, 제자들과 함께 지리산 신응사에 들어가 글을 읽다가 그때의 감회를 읊은 것입니다. 세속을 멀리 떠나 깨끗한 지리산의 품속으로 들어오니 불현듯 그곳에 눌러앉고 싶은 마음이 일어났지만, 수기치인(修己治人)의 도를 추구하는 선비의 본분을 생각하고는 다시 세상 한가운데로 내려오는 그의 심정이 절절히 배어있음을 느낄 수 있습니다.

신응사는 하동군 화개면 신흥리에 있었던 절인데, 지금은 절은 없고 절터만이 남아 있을 뿐입니다.

경포대에 올라서

거울처럼 매끈한 수면 깊기도 한데
겉모습만 비출 뿐 마음까진 못 비추네
아쉽다, 저 수면이 간담까지 비춘다면
이 대 위에 오를 사람 몇이나 될지?

登鏡浦臺(등경포대)

朴遂良(박수량)

鏡面磨平水府深(경면마평수부심)
只鑑形影未鑑心(지감형영미감심)
若教肝膽俱明照(약교간담구명조)
臺上應知客罕臨(대상응지객한림)

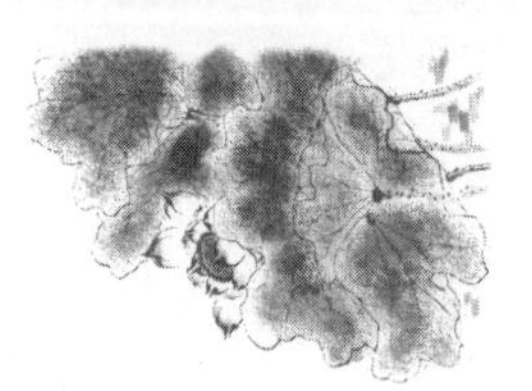

총선이 얼마 남지 않았습니다. 모든 출마자들이 한결같이 자기는 깨끗하고 새로우며 다른 이는 부패하고 낡았다고 합니다. 4년 전에도 그랬으며, 8년 전에도 또한 그렇게들 말했습니다. 이번에는, 이번에는, 하며 가리고 가렸건만 결과는 언제나 실망이었습니다. 정말 그들의 마음속까지 훤히 비춰볼 수 있는 신묘한 거울이라도 하나 있다면 좋겠습니다.

이 시의 지은이도 아마 그런 심정이 아니었나 싶습니다. 어느 시대 어느 사회에서나 마찬가지겠지만, 당시에도 지금처럼 겉으로는 군자입네 하면서도 속으로는 잔머리를 굴리며 온갖 이권을 좇는 위선자들이 적지 않았겠지요.

지은이 박수량(1475~1546)은 호가 삼가(三可)인데, 조선중기 때의 학자입니다. 기묘사화 때 많은 선비들이 억울하게 화를 당하는 것을 보고서는 벼슬살이의 덧없음을 실감, 출사(出仕)를 그만두고 평생 자연 속에 묻혀서 살았던 처사(處士)였지요. 그런 그가 어느날 경포대에 올랐던 모양입니다. 거울처럼 맑은 경포대의 수면을 내려다보자 문득 그런 생각이 났겠지요, 저 수면이 사람의 겉모습만이 아닌 속마음까지를 다 비출 수 있다면 하고 말입니다.

제 1구에 나오는 '마평(磨平)' 은 '숫돌로 갈아놓은 듯이 평평하다' 는 의미이며, 3구의 '약교(若教)' 는 '만약 ~하다면' 이란 뜻입니다.

乍晴乍雨
雨還晴
天道
猶然
況世情
譽我便應
足毀我
逃名却自
爲求名
金時習詩

5

개인듯 하더니만
다시 비오고

산에 살며

봄날 이미 지났으나
꽃은 오히려 제철이고

구름 없는 맑은 날에도
골짜기는 그늘지네

햇빛 쟁쟁 한낮에도
두견새 슬피 우니

그렇구나, 내 사는 이곳
깊은 산골이었지

山居(산거)

李仁老(이인로)

春去花猶在(춘거화유재)
天晴谷自陰(천청곡자음)
杜鵑啼白晝(두견제백주)
始覺卜居深(시각복거심)

고려 때의 문신 이인로(1152~1220)가 정중부의 난을 피해 승려로 위장하여 산사(山寺)에 숨어 지내면서 지었다고 전해지는 오언 절구입니다.

절기(節期) 상으론 봄철이 지난 지 한참이건만 그때서야 봄꽃이 제철인양 꽃잎을 피워내고, 구름 없는 맑은 날에도 골짜기는 항상 어둑어둑 그늘져있다 하였으니, 그 사는 곳이 얼마나 산 높고 골 깊은 두메 산골이었는지 짐작이 갑니다.

특히 두견새는 주로 어두운 밤중에 우는 새인데, 밤을 이어 한낮까지 저렇게 울고 있으니 필경 무슨 말못할 슬픈 사연이 있는 모양입니다. 작자의 내밀한 속마음이 은근히 비춰지는군요. 제 4구의 '깊을 심(深)' 자도 골짜기의 깊이 만큼이나 깊은 여운을 남깁니다.

대나무 그림에 부쳐

장마비 그치자
대나무 무장무장 자라나고

바람 부니
연한 가지 춤추듯 산들거리네

속 비고 뿌리 굳은
저 대나무는

까마득한 하늘까지
이제 곧 닿겠지

題畵竹(제화죽)

戴熙(대희)

雨後龍孫長(우후용손장)
風前鳳尾搖(풍전봉미요)
心虛根柢固(심허근저고)
指日定干宵(지일정간소)

요즘 대숲에 가보신 분은 알겠습니다만, 올 봄에 새로 솟은 죽순이 지난 달 내내 내린 비 때문인지 하루가 다르게 쑥쑥 자라고 있습니다. 그 연하고 푸르른 가지가 바람에 하늘거리는 모습을 보고 있으면 뱃속까지 시원해지는 느낌입니다.

그래서 옛날 어른들이 '사람의 속된 병 고치는 데는 대나무가 제일' 이라 했는가 봅니다. 왕희지 같은 이는 '사람이 사는 데 단 하루라도 대나무가 없어서는 아니 된다(一日不可居無竹)' 고 까지 했지요.

지은이 대희는 청(淸)나라 때의 문인입니다. 저처럼 신선한 대나무의 생태를 사람에게 비유하여 누구나 사심(私心)을 비우고 기초를 튼실히 다져나가면 기필코 출중한 인물이 될 수 있음을 말하고 있습니다. '그 마음을 비우고 배를 튼실히 하라(虛其心 實其腹)' 는 노자의 가르침이 생각나는군요.

용손(龍孫)이나 봉미(鳳尾)는 대나무를 높여서 부르는 별칭이며, 지일(指日)은 손가락으로 셀 수 있을 정도의 가까운 장래, 간소(干宵)는 하늘까지 닿다는 뜻입니다.

개인 듯 하더니만 다시 비 오고

개였다 비 오다 다시 개이네
하늘도 저렇거니 세상 인정에서랴?

날 칭찬하던 이가 문득 날 헐뜯고
이름 숨긴 그 사람이 되레 명예 구하네

꽃 피고 지는 일에 봄은 마음 아니 쓰고
구름이야 가건 오건 산은 상관 아니 하니

아, 세상사람들아 내 말 들어보시게
한 평생 변치 않을 일이란 있지 아니 하다네

乍晴乍雨(사청사우)

金時習(김시습)

乍晴乍雨雨還晴(사청사우우환청)
天道猶然況世情(천도유연황세정)
譽我便應還毁我(예아변응환훼아)
逃名却自爲求名(도명각자위구명)
花開花謝春何管(화개화사춘하관)
雲去雲來山不爭(운거운래산부쟁)
寄語世人須記憶(기어세인수기억)
取歡無處得平生(취환무처득평생)

비승비속(非僧非俗)으로 한 생을 유랑했던 매월당 김시습의 인생관이 담겨있다 할 빼어난 작품입니다. '총욕약경(寵辱若驚, 총애를 받는 것과 치욕을 당하는 것은 다 같이 두려워 할 일이다)' 이라는 노자의 가르침이 있습니다만, 세상의 일이란 모두 양면성이 있어서 동지인가 싶었는데 어느 날 문득 적이 되어 있고, 도인(道人)인가 싶었는데 알고 보니 도적(盜賊)인 경우가 비일비재합니다.

매월당은 일찍이 이런 세상 인정을 체험하고선 일체의 세속적인 명리를 떠나 무위자연의 세계에 한 몸을 의탁하여 물처럼 바람처럼 그렇게 걸림 없이 살다갔습니다.

봄은 꽃으로 하여 봄다워지지만 그 꽃이 피고 지는 일엔 마음 쓰지 않고, 산은 구름에 가려 더욱 신비로워지지만 그 구름이 가고 오는 일엔 관심 두지 않는다는 그 시구가 우리를 더욱 초라하게 만드는군요.

비가 그쳤네

창 밖 매실 누렇게 익어 꼭지에서 떨어지고
담 아래 죽순도 쑥쑥 자라 풀숲 헤치고 나오는구나
연일 오는 장마비에 봄 가는 줄 몰랐더니
날씨 개자 한여름 되었음을 비로소 알겠네

喜晴(희청)

范成大(범성대)

窓間梅熟落蔕(창간매숙낙체)
牆下筍成出林(장하순성출림)
連雨不知春去(연우부지춘거)
一晴方覺夏深(일청방각하심)

지루한 장마가 끝나고, 시리도록 푸르른 여름 날씨로 되돌아왔습니다. 맑게 개인 날씨처럼 우리 사회도 밝아지고 더불어 우리 마음도 함께 밝아졌으면 좋겠습니다. 일찍이 맹자는 '하늘의 이치를 따르는 자는 영원하고, 그 이치를 거스르는 자는 허망하다(順天者存 逆天者亡)' 고 했습니다. 먹구름의 위세가 아무리 대단하다 해도 잠깐동안이야 모르겠습니다만 여름 한 철 내내 하늘을 뒤덮을 수야 있겠습니까?

하루에 단 한번이라도 좋겠습니다. 가던 걸음 멈추고 서서, 숨을 깊이 들이쉬고선, 머리를 한껏 뒤로 젖혀서, 저 까마득한 하늘을 바라보는 습관을 들여 본다면 어떨까요?

지은이 범성대(1126~1193)는 남송(南宋)시대의 뛰어난 전원시인으로, 호를 석호거사(石湖居士)라 합니다. 수려하고 청아한 시풍으로 일가를 이룬 분이지요.

구름

모였다가 흩어지고
갔다간 또 오는데

나그네 지팡이 짚고
한가롭게 바라본다

자기 몸이 뿌리 없는
한순간인 줄 모르고서

달 가리고 별 막으며
별의별 짓을 다하는구나

雲(운)

郭震(곽진)

聚散虛空去復還(취산허공거부환)
野人閑處倚筇看(야인한처의공간)
不知身是無根物(부지신시무근물)
蔽月遮星作萬端(폐월차성작만단)

구름은, 특히 여름철의 구름은 여러 가지 다양하고 신비로운 모습으로 우리의 눈길을 끌고 있습니다. 그러나 또한 구름은 정해진 실체가 없고 머무는 곳도 일정하지 않는 헛되고도 헛된 존재이기도 합니다.

지은이 곽진은 당나라 때의 시인으로서, 이런 구름의 헛된 속성을 들어 지조 없고 술수에나 능한 조정의 소인배들을 꾸짖고 있습니다. 실지로는 특별한 권한이나 능력도 없으면서 군주의 위세를 믿고 거들먹거리며 세치 혓바닥으로 주인의 판단을 흐리게 하고, 어질고 의로운 사람의 진출을 방해하는 일부 무리들의 행태를, 모였다간 흩어지고 갔다가도 다시 오는 저 구름에 빗대어 풍자하고 있지요.

호가호위(狐假虎威, 여우가 호랑이의 위엄을 빌어 제 위엄으로 삼는다)라는 말이 있습니다만, 자기 몸이 뿌리 없는 일시적인 존재임을 모르고서 달 가리고 별 막으며 온갖 짓을 다하다가 한 순간에 허망하게 사라지는 무리들이 지금 우리 사회엔 없을까요? 그런 무리들을 지팡이 짚고 서서 한가롭게 바라본다는 지은이의 여유가 새삼 부럽습니다.

가야산 독서당에 부쳐

콸콸콸 거침없이 내닫는 계곡 물이
천만 겹 봉우리를 우렁우렁 울려서

지척간 사람의 두런대는 말소리도
웬소린지 분간하지 못하게 하는구나

부질없이 다투는 세상의 시비 소리
혹시라도 산 속까지 들려올까 두려워

일부러 물소리를 요란스레 내질러서
온 산을 빙둘러 가득 에워 쌌는가

題伽倻山讀書堂(제가야산독서당)

崔致遠(최치원)

狂噴疊石吼重巒(광분첩석후중만)
人語難分咫尺間(인어난분지척간)
常恐是非聲到耳(상공시비성도이)
故教流水盡籠山(고교류수진농산)

신라의 국운이 다하여, 더 이상 뜻한 바 경륜을 펼 수 없게 되었다는 것을 안 고운 최치원선생이 모든 꿈을 접고서 이곳 가야산으로 숨어들면서 지었다는 둔세시(遯世詩)입니다.

여름철 장마 끝에 가야산 홍류동 계곡을 가 본적이 있으신 분은 느꼈을 것입니다만, 그 거침없이 내닫는 계곡물 앞에서 우리의 입과 귀는 또 얼마나 보잘 것 없는 것이었습니까? 세상의 시비소리를 들이지 않기 위하여 물소리로 산을 에워쌌다는 고운선생의 시의(詩意)가 새삼 우리를 부끄럽게 합니다.

가야산 해인사 입구 매표소를 막 지나자마자 계곡 건너에 아담한 정자 하나가 보이는데, 이것이 바로 이 시에서 연유한 농산정(籠山亭)이며, 농산정 건너 바위벽에도 아름다운 행서체로 이 시가 새겨져 있습니다.

길가다 비를 피하며

회화나무 우거진 그늘
길가의 저택
후손 위해 솟을대문
열었으련만
세월 지나 주인 바뀌어
출입하는 이 없고
비 피하는 행인들만
잠시잠시 드나드네

途中避雨有感(도중피우유감)

李穀(이곡)

甲第當街蔭綠槐(갑제당가음록괴)
高門應爲子孫開(고문응위자손개)
年來易主無車馬(연래역주무거마)
唯有行人避雨來(유유행인피우래)

권불십년(權不十年)이라 하였습니다만, 권력의 무상함을 어찌 저다지도 처연하게 표현하였을까요? 제 1구에 나오는 '괴(槐)'는 홰나무 또는 회화나무로 불리는 낙엽교목이고, '고문(高門)'은 솟을대문을 말합니다.

여기에는 여러 가지 고사가 있지요. 옛날에는 자손의 영달을 기원하여 뜰에 홰나무를 심고, 대문을 높여서 솟을대문으로 하는 풍습이 있었다고 합니다. '당가(當街)'란 가로변의 요지라는 의미입니다만, 권력의 중심자리(要職)를 차지한다는 당로(當路), 요로(要路)의 뜻도 내포되어 있습니다.

이렇듯 좋은 자리를 가려서 회화나무를 심고 솟을대문도 만들어 세세손손 부귀영달을 기원했습니다만, 화무십일홍(花無十日紅)이라, 자손대대는 고사하고 당대에 이미 실각을 하였는지, 주인도 바뀌고 출입하는 사람도 끊겨 이제는 한갓 비를 피하여 잠시 들르는 행인들의 쉼터가 되고 말았답니다.

일장춘몽(一場春夢), 권력이란 이렇게도 무상한 것이건만, 지금 우리 주위엔 온통 그 알량한 권력을 붙잡아보겠다고 바쁘게 하루를 보내는 이들로 가득합니다.

지은이 이곡(1298~1351)은 고려 말의 뛰어난 학자로 호가 가정(稼亭)인데, 목은 이색의 아버지입니다. 원(元)의 과거에 급제하여 벼슬하다 귀국하여 정당문학(政堂文學)이 되고, 한산군(韓山君)에 봉해졌습니다. 저서에 가전체 소설인 《죽부인전》이 있고, 문집인 《가정집》이 있습니다.

벼슬길에 오르니

맑은 냇물 성난 듯
떠들썩하고
푸른 산 찌푸린 채
말이 없구나
고요히 산수의 뜻
헤아려보니
벼슬길 오르는 나를
탓함이로다

赴京(부경)

宋時烈(송시열)

綠水喧如怒(녹수훤여노)
青山默似嚬(청산묵사빈)
靜觀山水意(정관산수의)
嫌我向風塵(혐아향풍진)

노론의 영수인 우암(尤庵) 송시열(1607~1689)이 여러 번의 유배생활 끝에 이제는 학문에만 전념하며 청산 녹수 벗삼아 여생을 살리라 다짐하고, 화양동계곡에 은거하여 살던 중, 임금의 간곡한 부름을 받고 다시 상경길에 나서며 지은 절창입니다.

우암은 산자수명한 계곡에서 화양동주(華陽洞主)로 자호(自號)하고서는 '청산도 절로절로 녹수도 절로절로/ 산 절로 수 절로 산수간에 나도 절로/ 그 중에 절로 자란 몸이 늙기도 절로절로' 하리라 마음 다지고, 우여곡절 끝에 찾아온 모처럼의 평화를 소중히 누리고 있었나 봅니다. 그러나 그런 호사도 잠깐, 다시 조정으로 돌아오라는 숙종의 간곡한 부름이 있습니다. 어찌할까나? 불사무의(不仕無義)라, 선비가 임금의 부름을 외면하는 것은 군신(君臣)의 의리를 저바리는 것이 될 테니, 어쩔 수 없구나. 내키지 않은 발길로 계곡을 나서는데, 아! 평소 때에는 그렇게 흥겹고 정다운 물소리요, 너울너울 춤추듯 아름다운 청산이었는데, 오늘따라 그 소린 성난 듯 요란스럽고 찌푸린 듯 어두운 모습들입니다. 또다시 풍진 만장의 벼슬길에 나서는 자신의 어리석음을 저들이 탓하고 미워하기 때문이라 여긴 게지요.

정말 그러했습니다. 그 길이 마침내는 유배 · 사사(賜死)로 이어지는 우암의 최후의 길이 되고 말았으니까요. 그는 이미 그렇게 될 줄 예감하고 있었을까요? 차마 내키지 않는 그의 무거운 발길이 딱하기만 합니다.

이 더위에

세상사람 더위 피해
미친 듯 날뛰는데

선사 홀로 방에 앉아
나오질 않네

선방인들 무더위가
피해 가진 않을 텐데

이 한 마음 고요하니
몸도 따라 서늘한 듯

苦熱題恒寂師禪室(고열제항적사선실)

白居易(백거이)

人人避暑走如狂(인인피서주여광)
獨有禪師不出房(독유선사불출방)
可是禪房無熱到(가시선방무열도)
但能心靜卽身凉(단능심정즉신량)

덥습니다. 십여년만에 찾아온 무더위라 하여 연일 아우성입니다. 산이야 강이야 다투어 찾아보지만, 그다지 신통하지도 않은가 봅니다. 이런 때 저 당(唐)의 시인 낙천(樂天) 백거이(772~846)는 특별한 피서법을 소개하고 있습니다. '마음이 고요하니 몸도 따라 시원하다(心靜卽身凉)'. 당시 그에게 좌선(坐禪)을 가르쳐 주었다고 전해지는 항적선사의 피서법인데, 정녕 그럴 수만 있다면 얼마나 좋겠습니까?

하긴, 도연명도 비슷한 얘길 한 적이 있지요. '심원지자편(心遠地自偏)'이라, 마음이 멀어지니 땅이 절로 벗어나더라.

그러고보니 노자영감의 말도 생각이 나는군요. '정승열(靜勝熱)'이라, 고요함이 더위를 이긴다. 과연 그럴 수 있을까요? 알 수 없는 일입니다.

秋興
乙酉元春

6

저기, 구름 이는 곳
사람 사는 집 있네

김거사 시골집을 찾아서

가을구름 아득타 온 산이 비었는데

지는 낙엽 소리 없이 땅 붉게 물들였네

개울가 다리목에 말 세우고 길 묻자니

몰랐구나, 이내 몸이 그림 속을 거닐음을

訪金居士野居(방김거사야거)

鄭道傳(정도전)

秋雲漠漠四山空(추운막막사산공)

落葉無聲滿地紅(낙엽무성만지홍)

立馬溪橋問歸路(입마계교문귀로)

不知身在畵圖中(부지신재화도중)

가을입니다. 남강변 은행나무 노랗게 익어가고 진양호반 지는 노을 무장무장 유혹합니다. 비자금이 어떠하고 재신임이 어찌되던 가을은 그저 저렇게 아름다운 가을일뿐이니, 그 아름다움이 오히려 우리를 더욱 슬프게 한다는 옛말이 한갓 헛된 말놀이만은 아니었나 봅니다.

아시는 바와 같이, 지은이 삼봉(三峰) 정도전은 포은 정몽주 · 양촌 권근 등과 함께 고려말을 대표하는 유학자로서, 태조 이성계를 도와 조선을 건국하고, 유학으로써 조선의 지도이념을 확립한 개국일등공신이었습니다.

태조 7년(1398) 제1차 왕자의 난 때 이방원(태종)에게 피살될 때까지 이른바 권부의 핵심에서 동분서주했을 그가, 그 바쁜 와중에 틈을 내어 인적 드문 깊은 산골에 은거하여 살고 있는 친구집을 찾은 모양입니다. 때는 만추(晩秋), 사방의 산엔 인기척 없고, 단풍잎이 떨어져 울긋불긋 주위가 온통 황홀경입니다. 선경(仙境)에 취하여 한참을 거닐었는데, 아차, 여기가 어디냐? 무릉도원을 방문한 어부처럼 그만 돌아갈 길을 잃었습니다.

'다리목에 말 세우고 돌아갈 길 묻는다' 는 그 시구가 묘한 여운을 남기는군요. 그가 돌아갈 길은 과연 어디일까요? 권력다툼의 한복판인 한양일까요? 아니면 저 붉게 물던 산 속 어디일까요? 알 수 없는 일입니다.

가을 꽃

비 개자
가을 꽃 더욱 눈이 부시어
한가로운 마음 지팡이에 의지하여
섬돌 돌아 나섰네

제아무리 솜씨 좋은 화공이 있다한들
천연의 멋 무슨 수로 따라갈 수 있으랴만
부질없이 분바르고 물감 칠하며
이리저리 그 모습 그리려 하네

秋花(추화)

査愼行(사신행)

雨後秋花到眼明(우후추화도안명)
閒中扶杖繞階行(한중부장요계행)
畵工那識天然趣(화공나식천연취)
傅粉調朱事寫生(부분조주사사생)

청나라 때의 문인 사신행의 칠언절구입니다. 비온 뒤 더욱 맑고 환하게 피어난 가을 꽃(여기서는 국화를 가리키는 듯 합니다)을 두고 그 천연스러운 아름다움을 예찬하면서 한편으론 인위적인 표현의 한계를 지적하고 있습니다. 솜씨 좋은 화공이 제아무리 흰 분을 바르고 붉은 색을 칠하며 온갖 재주를 부릴지라도 자연그대로의 풍취는 그려낼 수 없다는 그 시구가 가슴을 울립니다.

각자 생긴 그대로의 자기 모습이 참된 아름다움인줄 모르고서 포장하고 위장하며 흉내내기에 바쁜 우리의 삶을 질책하는 듯하여, 못난 짓 하다 들킨 어린아이처럼 얼굴이 화끈거립니다.

제 4구의 '부분조주(傅粉調朱)' 는 '부분시주(傅粉施朱)' 라고도 표현하는데, '흰 분을 바르고 붉은 색을 칠하다' 는 뜻이며, '사생(寫生)' 은 '형상을 따라 그대로 그려내다' 는 뜻입니다.

제 1구의 '비온 후의 가을꽃이 눈길 닿는 곳을 더욱 환하게 한다' 는 그 표현이 또한 곱게 피어난 가을 국화 만큼이나 읽는 이의 눈길을 환하게 하는군요.

가을 정취

구름 걷히고 비 개자
산 빛 더욱 싱그럽고

꽃잎 내려앉은 백사장
흐르는 물 향기를 품었네

나그네 배 세우고
물가에 낚시 드리웠는데

배 가득 맑은 이슬
촉촉이 옷을 적시네

秋興八景畵册(추흥팔경화책)

董其昌(동기창)

溪雲過雨添山翠(계운알우첨산취)
花片粘沙作水香(화편점사작수향)
有客停橈釣春渚(유객정요조춘저)
滿船淸露濕衣裳(만선청로습의상)

산뜻하고 아름다운 정경이지요? 초가을 이른 아침, 비 갠 뒤 한결 푸르게 보이는 산 빛을 배경으로, 강 위에 쪽배 하나 띄우고 유유히 낚시하는 모습을 그리고 있습니다.

명(明)의 동기창이 지은 칠언절구인데, 시제(詩題)에 나타나 있듯이, 가을 풍광을 그린 그림에 부친 시(畵題詩)입니다. 그림은 어떠한지 지금 볼 수가 없지만, 이 시만으로도 그 그림의 정경이 충분히 눈에 잡힐 듯 합니다.

산취(山翠), 수향(水香), 춘저(春渚), 청로(淸露) 등의 시어가 추흥경색(秋興景色)의 분위기를 잘 나타내고 있군요. 특히 제 2구의 '백사장에 꽃잎이 지니 물에서 향기가 난다' 는 표현이 참 그윽하고 아름답습니다.

'화편점사(花片粘沙)' 란 '꽃잎이 떨어져 백사장에 내려앉는다' 는 의미이고, 제 3구의 '춘저(春渚)' 란 '물결이 찰랑대는 물가' 란 뜻입니다.

화석정

숲 속 정자에 가을 깊어지니
시인의 정취도 그지없어라
까마득히 흐르는 물
하늘에 맞닿아 푸르고
서리맞은 단풍잎
햇빛 받아 더한층 붉기도 하네

산은 동그라니
외로운 달을 토해내고
강물은
만리 밖에서 불어온 바람 머금었는데
저 변방에서 날아온 기러기
어디로 울며가나
가물가물 저녁답 구름 속으로
끼룩끼룩 그 소리 그예 끊겠네

花石亭(화석정)

李珥(이이)

林亭秋已晩(임정추이만)
騷客意無窮(소객의무궁)
遠水連天碧(원수연천벽)
霜楓向日紅(상풍향일홍)
山吐孤輪月(산토고륜월)
江含萬里風(강함만리풍)
塞鴻何處去(새홍하처거)
聲斷暮雲中(성단모운중)

화석정은 경기도 파주군 율곡리의 임진강 가에 있는 아름다운 정자입니다. 지은이 율곡 이이(1536~1584) 선생이야 따로 설명이 필요 없는 조선의 대유학자이고요. 화석정에서 바라보는 늦가을의 정경을 처연하면서도 아름답게 나타내고 있는데, 전반부는 해지기 전의 모습이요, 후반부는 막 해가 지는 저녁답의 풍경입니다.

'저녁답 노을이 흔들리면 멀어져간 사람도 다시 올 기쁨도 한가닥 상념마저 다 지우고 터벅터벅 오솔길 홀로 걸어라' 고 노래한 시인이 있습디다만, 어둠이 짙어 가는 구름 속으로 아스라이 사라지는 기러기의 모습과 끼룩끼룩 가물거리는 그 소리마저도 끊어지고만 텅 빈 강가에 허허로이 서 있는 작자의 뒷모습이 오래도록 눈앞에 아른거립니다. 단이부절(斷而不絶)이라, 끊어졌으나 떨어진 건 아니지요.

가을에

낙양성에 소슬소슬 가을 바람 불길래
고향집에 편지 쓰려니 만가지 생각 겹쳐 오네
서둘러 바삐 쓰느라 빠진 얘기 있나 싶어
인편 떠나려 할 때 다시 겉봉 뜯어보네

秋思(추사)

張籍(장적)

洛陽城裏見秋風(낙양성리견추풍)
欲作家書意萬重(욕작가서의만중)
復恐忽忽說不盡(부공홀홀설부진)
行人臨發又開封(행인임발우개봉)

중추가절(仲秋佳節)이라 합니다만, 올 추석은 그렇게 아름답고 즐겁기만 하지는 못한 듯 합니다. 불경기에 오랜 장마까지 겹쳐 도시 근로자는 근로자대로, 농촌은 농촌대로 심신이 무겁습니다. 명절연휴가 여러 날이나 계속되지만 이런 저런 형편으로 고향에도 못 가는 사람들이 적지 않다고 하니, 변화의 시기에 일시적으로 일어나는 현상이라고 자위해 보지만, 안쓰럽고 불안한 마음 또한 감출 수 없습니다.

지은이 장적은 당나라 때의 문인으로 한퇴지(韓退之) 선생의 문하에서 글공부를 하였는데, 화려한 시풍보다는 일상생활에서 느끼는 자기의 감정을 편지에 써서 담아내듯 소박한 시어로 표현한 작품들을 많이 남겼습니다.

이 시는 고향을 떠나 멀리 낙양에 가 있던 시인이 가을이 되어 소슬바람이 불자 고향생각이 더욱 간절하던 차에, 마침 고향으로 가는 인편이 있어 급히 안부편지를 쓰면서 느낀 감정을 있는 그대로 묘사하고 있습니다.

급하게 쓰느라 빠진 얘기 있나 싶어 인편 떠나려 할 때 다시 겉봉 뜯어본다는 시인의 그 마음이 읽는 이의 가슴을 오래도록 멍멍하게 합니다. 그때나 지금이나 객지에 나가 있는 사람들은 가을이 되면 한층 더 고향이 그리울 것입니다. 특히 추석 같은 명절날에는 더욱 그러하겠지요.

산길을 걸으며

먼 가을 산 비스듬히 돌길 오르는데

저기, 흰 구름 이는 곳 사람 사는 집 있네

가던 수레 멈추고 앉아 석양에 비치는 단풍나무 숲 바라보니

서리맞은 나뭇잎 봄꽃보다 더 붉다

山行(산행)

杜牧(두목)

遠上寒山石徑斜(원상한산석경사)

白雲生處有人家(백운생처유인가)

停車坐愛楓林晚(정거좌애풍림만)

霜葉紅於二月花(상엽홍어이월화)

작은 두보(小杜)라 불리는 만당의 시인 두목(803~853)의 명품입니다. 일반적으로 고전시가(古傳詩歌)에서는 가을을 슬픈 계절로 묘사하고 있는 것이 대부분입니다. 이 시의 지은이 두목도 '가을을 슬퍼하노라(悲秋)' 라든지 '가을을 한탄하네(嘆秋)' 등의 작품에서는 가을을 슬픈 이미지를 유발하는 제재로 다루고 있습니다. 그런데 이 시에서의 가을은 그처럼 슬프고 애처롭다기보다는 오히려 아름답고 사랑스럽기까지 합니다. 지은이는 '가을' 이라는 계절에 붙어있는 기존의 선입관에 의존하지 않고, 가을 풍경 그 자체의 자연스러운 모습을 자신의 예리한 시적 관찰력으로 담담히 그려내고 있습니다.

시인은 지금 꾸불꾸불하게 이어진 산길을 따라 높은 곳까지 오르려 하고 있습니다. 그 길은 한쪽으로 비스듬히(斜) 기울어져 있을 뿐만 아니라 사람들의 발길이 뜸해 크고 작은 돌맹이(石)가 여기저기 널려져 있기까지 합니다. 고개 들어 산 정상부근을 보니 아득히 멀기만(遠)한데, 뭉게뭉게 떠다니는 흰구름(白雲) 사이로 언뜻 작은 집(人家) 한 채가 보입니다. 그 집에는 세속의 온갖 번민을 모두 잊고 유유자적하게 살고 있는 은둔자가 있겠지요. 그곳으로 가는 도중 어느새 해는 서산으로 기우는데, 아, 붉게 지는 저녁노을(晩)이 단풍나무 숲(楓林)을 비춥니다. 어찌 가던 길 멈추고(停車) 그 장엄한 경치를 즐기지 않을 수 있겠습니까?

시인의 눈을 따라 가노라니 그대로 한 폭의 산수화 속을 거니는 듯 합니다. 진정 '시 속에 그림이 있다(詩中有畵)' 는 그 말이 빈말이 아니었습니다. 화려하고 난해한 말들로 가득 찬 이 시대에 이처럼 쉽고도 아름다운 말을 만날 수 있다는 것은, 그것만으로도 축복이겠지요.

국화 그림

도연명은 늙어서도 가난 걱정 아니하고
국화 꺾어 향에 취해 마음은 언제나 봄날이었네
야릇타, 보잘 것 없는 저 꽃 어찌 저런 호사 누리는지?
소중한 대접 지금까지 이어짐은 바로 이 사람 있었기 때문일세

墨菊(묵국)

文徵明(문징명)

淵明老去不憂貧(연명노거불우빈)
醉擷金莖滿意春(취힐금경만의춘)
却笑微花何幸會(각소미화하행회)
至今珍重爲斯人(지금진중위사인)

아시다시피 도연명은 동진(東晉) 때의 대시인 도잠(陶潛, 365~427)의 자(字)입니다. 그는 특히 국화를 좋아했는데, 일찍이 그가 '동쪽 울타리 아래에서 국화를 따드니, 눈앞에 아련히 남산이 다가서네(採菊東籬下 悠然見南山)' 라고 노래한 뒤로 많은 시인 묵객들이 은일(隱逸)의 정취를 국화로써 표현하곤 했습니다. 뒷날 북송(北宋)의 렴계 주돈이가 특히 연꽃을 좋아한 연유로 연꽃이 군자의 꽃으로 불리는 것처럼, 도연명이 국화를 좋아했다 하여 국화가 은일자(隱逸者)의 꽃으로 불려지고 있지요.

이 시의 지은이 문징명은 명나라 때의 문인입니다. 그도 도연명처럼 국화를 좋아하였던지, 먹으로 국화그림을 그려놓고선 이러한 절구 한 수로 화제(畵題)를 삼았나 봅니다. 그다지 특별할 것도 없는 평범한 저 꽃이 이처럼 시공을 초월하여 많은 사람들의 사랑을 받는 것은 왜일까? 하고 자문한 뒤 도연명을 들먹였는데, 도연명과 국화의 관계를 읊으면서 속으로는 자신의 은일정취를 드러내려 했겠지요. 그 은근한 솜씨가 또한 일품입니다.

녹채

텅 빈 산, 사람 모습 보이진 않는데
두런두런, 어디선가 말소리가 들리네
지는 햇살 숲 속 깊이 길다랗게 스며들어
나무 밑 푸른 이끼 위를 다시 또 비추네

鹿柴(녹채)

王維(왕유)

空山不見人(공산불견인)
但聞人語響(단문인어향)
返景入深林(반경입심림)
復照青苔上(부조청태상)

중국 남종화의 비조요, 자연시파의 거두로 일컬어지는 당나라 왕유(701~761)가 말년에 지은 대표적인 산수시(山水詩)입니다. '녹채'란 원래 사슴을 사육하는 곳을 이르는 말인데, 여기서는 작자가 말년에 은거해 살던 망천산장 부근의 지명입니다.

그는 우선 녹채 부근의 조용한 산에 석양이 깃드는 풍경을 묘사하는 데서 착안하여, 1, 2구에서는 그 산이 먼 곳에 있는 사람의 말소리까지 들릴 정도로 고요하고 적막함을 나타내었습니다. 사람의 모습은 보이지 않는데 어디선가 두런두런 말소리가 들린다니 그 고요하고 적막함이 어떠하겠는가는 쉬이 짐작이 가겠지요. 이 때의 '사람의 말소리' 는 언뜻 보기에는 적막을 깨는 것 같지만 실은 잠깐 들리고 마는 일시적인 소리로서 그 소리 이후의 적막감을 더욱 두드러지게 하는 효과가 있습니다. 혼자서 외딴 산 속 길을 다녀 본 사람들은 실감이 나겠지요.

3, 4구에서는 저녁 햇살이 깊은 산 속까지 들어오는 것을 묘사하여 독자들의 감각을 청각에서 시각으로 바꾸어 놓습니다. 지는 햇살(返景)은 미약하고 일시적인 것으로서 이 빛이 사라지고 난 이후에는 짙은 어둠만이 남겠지요. 소리로써 적막함을 나타내고, 빛으로써 어두움을 표현하는 왕유의 이러한 솜씨는 과연 '시 속에 그림이 있고, 그림 속에 시가 있다(詩中有畵 畵中有詩)' 는 후인들의 평가가 과장된 말이 아님을 알 수 있게 합니다.

꽃잎 둥둥 떠오네

느직이 아이 불러 사립문 열게 하고

숲 속 정자 이끼 낀 돌 위에 하릴없이 앉았네

지난 밤 저 산중엔 비바람 험했던 듯

계곡 가득 흐르는 물 위로 꽃잎 둥둥 떠오네

卽事(즉사)

趙云仡(조운흘)

柴門日午喚人開(시문일오환인개)

徐行林亭坐石苔(서행임정좌석태)

昨夜山中風雨惡(작야산중풍우악)

滿溪流水泛花來(만계유수범화래)

지은이 조운흘은 고려말 조선초의 정치적 격변기를 살았던 양심 있는 문신으로 감사 · 간의대부 등의 벼슬을 역임하였으나, 세속적 영달에는 뜻이 없어 일찌감치 관직에서 물러나 시골에서 한적하게 여생을 마친 분입니다.

그런 그가 하루는 숲 속 정자에서 유유자적 보내던 중에 시끄러운 함거(檻車)행렬이 지나가는 것을 본 모양입니다. 권불십년(權不十年)이라, 권력 상층부의 '힘겨루기' 야 그때나 지금이나 별반 달라진 게 없겠습니다만, 어제까지만 해도 떵떵거리던 조정 중신들이 이제는 죄인의 몸이 되어 짐승처럼 함거에 갇혀 귀양길을 가고 있는 모습을 보니 한가닥 연민의 정이 없지 않았겠지요.

시의 전반은 은거하여 한적하게 살고 있는 작자의 느긋하고 자유로운 생활을 나타낸 것이며, 후반은 권력의 무상함을 낙화유수(落花流水)에 비유하여 표현하였습니다. 권좌(權座)를 둘러싼 치졸한 암투를 '지난 밤 저 산중엔 비바람이 험했겠다' 고 한 제 3구의 비유가 절묘하며, 이른바 파워게임에서 밀려 비참히 쓰러지는 권신(權臣)들의 모습을 '계곡 가득 넘실대는 물 위로 둥둥 떠내려가는 꽃잎' 이라 표현한 제 4구의 시의(詩意)가 너무나 아름다워 오히려 읽는 이의 가슴을 애잔하게 합니다.

乙酉元春
南領

7

한평생 뜻한 일로 저러하리니

산다는 것, 무엇일까?

사람의 한 평생 결국 무엇과 같을까?
그래, 눈밭에 남은 기러기 발자국 같은 것을
때로는 눈 위에 발자국 남기기도 하겠지만
기러기 날아가고 나면, 어찌 다시 동서를 알랴

和子由澠池懷舊(화자유민지회구)

蘇軾(소식)

人生到處知何似(인생도처지하사)
應似飛鴻踏雪泥(응사비홍답설니)
雪上偶然留指爪(설상우연유지조)
鴻飛那復計東西(홍비나부계동서)

또 한 해가 갑니다. 때론 기쁘고, 때론 슬펐습니다. 일년 전에도 그랬고, 그 전 해에도 그랬을 것입니다. 일 년 후에는 또 어떠할까요? 이렇게 우리의 한 생이 지나가고 있습니다. 고려 때의 시인 최유청은 '사람의 한 평생 부질없기는 바람 앞에 일렁이는 촛불 같은 것인데(人生百世間 忽忽如風燭)' 하고 탄식하였습니다만, 희노애락(喜怒哀樂)의 수레를 끊임없이 바꿔 타고 있는 우리의 자화상은 과연 어떤 모습일까요?

송나라의 대문호 소동파(蘇東坡, 1037~1101)는 '인생이란 결국 눈밭에 남은 기러기 발자국 같은 것' 이라 했습니다. 눈이 옵니다. 어디서 왔는지 모를 기러기 한 마리가 눈밭에서 이리저리 춤추며 놉니다. 언제까지고 그 자리에서 그러고 있지는 못하겠지요? 때가 되면 어디론가 날아가 버리고 말 것입니다. 그러면 어디에서 다시 그 기러기를 찾을 수 있을까요? 날아간 지 그렇게 오래되지가 않았다면, 어쩌면 발자국은 찾을 수 있겠지요. 그러나 그 발자국만으로 기러기가 동으로 갔는지 서쪽으로 갔는지 어떻게 알 수 있으며, 그나마 남은 그 발자국도 잠시 후면 사라져 버리고 말텐데, 그때엔 그곳에 기러기가 왔던지 어떤지도 모를텐데….

우리의 한 생이 이처럼 부질없다고 하는군요. 자유(子由)는 동파의 동생인 소철의 자(字)이고, 민지(澠池)는 낙양 근처에 있는 현의 이름입니다. 지난 날 형제가 함께 그곳의 어떤 절에서 투숙하며 시를 지어 벽에 적어놓은 일이 있었는데, 동생인 자유가 그때를 회상하는 시를 지어 형 동파에게 보내자, 형이 이에 대한 화답의 시를 지은 것이 바로 이것입니다.

눈 오는 밤 홀로 앉아

허름한 오막집에
찬바람 스산히 불어 들고
인적 없는 빈 뜰엔
추적추적 흰 눈만 쌓이는데

가물가물 위태로운 저 등잔불
이내 심사 닮았는지
이 밤 나와 함께 타서
한 줌 재가 되는구나

雪夜獨坐(설야독좌)

金壽恒(김수항)

破屋凄風入(파옥처풍입)
空庭白雪堆(공정백설퇴)
愁心與燈火(수심여등화)
此夜共成灰(차야공성회)

쓸쓸한 풍광이지요? 아시다시피, 지은이 김수항(1629~1689)은 병자호란 때 격렬히 척화(斥和)를 주장한 청음 김상헌(淸陰 金尙憲)의 손자입니다. 안동 김씨로 호가 문곡(文谷)인데, 특히 전서(篆書)를 잘 썼지요. 숙종조 영의정 재직중에 기사환국(己巳換局)으로 진도에 유배된 후 사사(賜死)되었는데, 이 시는 진도 유배시의 어느 눈보라 치는 밤에 읊은 것으로 여겨집니다.

유배지의 허름한 오막살이집에, 그것도 눈보라치는 밤이니 누구 하나 찾아오는 사람도 없었겠지요. 그저 등잔불 하나 오두마니 켜 놓고 자신의 신세를 돌아보니, 아! 어쩌면 이다지도 막막하고 서글픈지요. 이 답답한 심사 어디 한 곳 하소연할 데도 없고, 그저 바삭바삭 타 들어가는 속을 지켜보고만 있어야 하니…….

일찍이 고운선생이 깊은 밤 잠 못 이루고 등잔불 앞에서 세상에 지기(知己)없음을 한탄했습니다만, 지은이는 제 심지를 태우며 재가 되어 가는 등잔불을 보면서 마침내 재만 남고 꺼져버릴 자신의 운명을 감지한 듯, 일종의 동지애를 토로하고 있습니다. 얼마나 적적하고 의지할 곳이 없었으면 등잔불을 보면서 위안을 느꼈을까요? 그 쓸쓸하고 적막함이 너무나 애절하여 그것이 오히려 아름다움으로까지 전이되는 듯 합니다. 그러나 알 수 없군요. 쓸쓸함도 아름다울 수 있다니, 이게 무슨 사치스런 말장난일까요?

보름달

둥글어지기 전엔 너무 더디어 한이더만
어찌하여 둥글자마자 이내 곧 기우는가
한 달 중 둥근 날은 오직 하루 밤뿐
한 평생 뜻한 일도 저러하리니

望月(망월)

宋翼弼(송익필)

未圓常恨就圓遲(미원상한취원지)
圓後如何易就虧(원후여하이취휴)
三十夜中圓一夜(삼십야중원일야)
百年心事摠如斯(백년심사총여사)

'꽃이 피기는 힘들어도 지는 건 잠깐이더군' 하고 노래한 최영미의 시 '선운사에서'가 생각나는군요.

뜻한 바 일을 이루기 위하여 그처럼 오랜 날들을 애쓰고 기다렸는데, 그리하여 이제 막 그 소망을 이루었는데 아뿔사, 숨 한 번 크게 내쉴 틈도 없이 다시 내리막길이라니, 화무십일홍(花無十日紅)이요 달도 차면 기운다고 했습니다만, 그것이 어찌 꽃만의 일이며 달만의 일이겠습니까? 지은이 송익필은 우리의 한 생도 또한 저와 같다고 하는군요.

'뻗쳐오르던 내 보람 서운케 무너졌느니/ 모란이 지고 말면 그 뿐, 내 한 해는 다 가고 말아…' 라고 노래한 시인 김영랑의 심정이나, '삶이란 애달픈 소모/ 영위의 시점을 찾아// 오직 바람에 맡겨/ 허공에 날려진 실끝// 겨우 그 이룬 거미줄들의/ 무심히도 걷힘이여!' 라고 노래한 이호우의 허무도 또한 바로 이와 같은 것이 아닐까 싶습니다.

지은이 송익필(1534~1599)은 호가 귀봉(龜峰)인데, 조선8문장가 중의 한사람으로 꼽히는 인물입니다. 성리학을 깊이 연구하여 율곡 이이나 우계 성혼 등과도 교유하였으며, 예학(禮學)에도 밝았다고 합니다. 그의 문하에서 사계 김장생과 같은 뛰어난 학자가 여럿 배출되었지요.

흰머리 삼천 장

흰머리 삼천 장 이리 긴 것은
세속의 온갖 시름 맺혔기 때문
거울 속 저 사람 어디를 갔었기에
함초롬히 가을 서리 맞았네 그려

秋浦歌(추포가)

李白(이백)

白髮三千丈(백발삼천장)
緣愁似箇長(연수사개장)
不知明鏡裏(부지명경리)
何處得秋霜(하처득추상)

시선(詩仙)이라 일컬어지는 이태백(李太白, 701~762)이 만년에 지은 작품으로, 모든 시행에 애수가 젖어 있습니다. 그의 시에 그림자처럼 따라 다니는 술과 달도 보이지 않고, 한창 때의 그 풍류와 협기도 나타나있지 않습니다. 천하의 그 어떤 것에도 구애받지 않던 적선(謫仙) 이백도 늙음 앞에서는 어쩔 수 없었던가 봅니다.

추포는 지금의 안휘성 귀지현의 장강 남쪽 해안에 있는 포구인데, 그곳을 흐르고 있는 추포하(秋浦河)와 청계하(淸溪河)의 물은 맑고 깨끗하기로 널리 이름나있다고 합니다. 그래서 그랬는지 이백은 이 추포를 자주 찾아와 시를 짓고는 하였는데, '추포가' 라 이름 붙여진 시는 모두 17수나 됩니다. 이 시는 그 중 제 15수입니다.

제 1구의 '백발 삼천 장' 은 실로 이백다운 과장법인데, 흰머리가 삼천 장이 될 정도로 길어진 이유가 모두 세속의 '시름(愁)' 때문이라니, 호방하고 자유로웠다고만 알려진 그의 한 생이 사실은 얼마나 서러움과 애달픔으로 가득한 삶이었는지 짐작할 수 있게 하는 시구입니다. 그러나 이백은 그런 슬픔과 고단함을 직접 표현하지 않고 그저 남의 얘기하듯 '거울 속의 저 사람 어디를 갔었기에 저처럼 서리를 맞았는지 모르겠다' 며 덤덤하게 얘기하고 있습니다. 그런데 그런 감춤이 오히려 읽는 이의 가슴을 더욱 애잔하게 만드니, 과연 이백입니다.

옛 시인들이 흰머리를 서리를 맞아서 그렇게 되었다고 하여 상빈(霜鬢)이라 표현하는 경우가 왕왕 있습니다만, 한 해가 저물어 가는 12월의 어느 날, 하얗게 서리맞은 머리를 하고 거울 앞에 나타날 그 사람을 누군들 피할 수 있겠습니까? '아, 늙음이여, 이것이 누구의 허물인고?' 하고 탄식한 옛사람이 생각납니다.

여산폭포를 바라보며

아침 햇살 비추니 향로봉엔 붉은 연기 피어나고
저 멀리 보이는 폭포 아득히 냇가에 걸려 있다
곧바로 날아 떨어진 거리 삼천 척은 됨직하니
아마도 하늘에서 은하수가 쏟아진듯

望廬山瀑布(망여산폭포)

李白(이백)

日照香爐生紫烟(일조향로생자연)
遙看瀑布卦長川(요간폭포괘장천)
飛流直下三千尺(비류직하삼천척)
疑是銀河落九天(의시은하락구천)

이백의 걸작을 한 수 더 소개합니다. 여산(廬山)은 지금의 강서성 구강시 남쪽에 있는 산으로 기이한 봉우리와 아름다운 폭포가 많아 일찍부터 많은 시인 묵객들이 찾아드는 명산 중의 명산이라고 합니다. 보는 장소에 따라 그 아름다움이 시시각각으로 변한다고 하여, 뒷날의 소동파는 '여산의 진면목은 알 수가 없다(不識廬山眞面目)' 라고 노래하기도 했습니다. 그 중에서도 특히 빼어난 풍광을 지녀 많은 문인들의 제재(題材)가 되고 있는 것이 향로봉인데, 그 생김새가 향로(香爐)와 비슷하여 그런 이름이 붙여졌다고 하는군요.

이 향로봉에 아침 햇살이 서서히 비치기 시작하면 그 주위엔 자주빛 안개가 피어오르기 시작하는데, 시인은 이 장엄한 광경을 향로에서 연기가 피어오르는 것으로 비유하여 표현하고 있습니다. 향로와 자연(紫煙)을 연결한 그 기법이 과연 절묘합니다.

그러나 역시 이 시의 압권은 제 3구 '비류직하삼천척' 에 있다하겠습니다. 이 명구는 '백발삼천장(白髮三千丈)' 과 더불어 시인의 자유분방한 열정과 호방함이 그대로 드러나 있는 절창으로서, 이백이 아니고는 도저히 생각할 수 없는 표현이라고 합니다. 높고도 험한 향로봉에 아침햇살 받은 붉은 안개구름이 자욱한데 그 구름을 뚫고 폭포수가 날아 떨어지니 그 모습이 과연 어떠했겠습니까? 그 광경을 '하늘의 은하수가 땅으로 쏟아진 듯하다' 고 표현한 결구(結句)도 역시 이백이 아니고선 어려운 착상입니다. 시인의 나이 56세 때의 작품입니다.

꿈 속에 사네

묵은 해니 새 해니
분별하지 마시게

겨울 가고 봄이 오니
해 바뀐 듯하지만

보게나, 저 하늘이
달라졌는가

우리가 어리석어
꿈 속에 사네

夢中遊(몽중유)

鶴鳴(학명)

妄道始終分兩頭(망도시종분양두)
冬經春到似年流(동경춘도사년류)
試看長天何二相(시간장천하이상)
浮生自作夢中遊(부생자작몽중유)

조선조 말에 살았던 학명선사의 시입니다. 번역문은 선화(禪畵)로 유명한 삼락자(三樂子) 석정(石鼎) 스님의 솜씨인데, 번역도 저 정도쯤 되면 명품 반열에 올려도 손색이 없겠습니다. 노래하는 장사익씨가 곡을 붙여 그 특유의 창법으로 부르는 걸 들었는데, 대단하더군요.

사실, 얼마나 많은 사람들이 있지도 않은 내일에 붙잡혀 지금 이 순간을 놓치고 마는 걸까요? 있는 건 오직 '지금 이 순간' 뿐, 어제나 내일이 따로 있는 것이 아닐텐데, 사람들은 부질없이 어제와 오늘을 나누고 묵은 해니 새 해니 하며 구분하려 하지요. '영원한 지금' 이란 말이 있습니다만, 날마다 오늘이 마지막날이란 마음으로 하루를 산다면 '오늘' 에서 '영원' 을 살 수 있지 않을는지요?

또 한해를 보내며

좋은 시절 부질없이 헛되이 다 보내고
내일이면 이내 나이 꽉 찬 쉰 한 살이네
한밤중에 탄식한들 이제와 무슨 소용?
남은 세월만이라도 이 몸 닦으며 살아야지

除夕感吟(제석감음)

姜靜一堂(강정일당)

無爲虛送好光陰(무위허송호광음)
五十一年明日是(오십일년명일시)
中宵悲歎將何益(중소비탄장하익)
自向餘年修厥己(자향여년수궐기)

엊그제가 설인 듯 하더니만 벌써 보름이 지나고 또 며칠이 흘렀습니다. '세월은 사람을 기다려주지 않는다(歲月不待人)' 고 했습니다만, 시간의 흐름이 어찌 이렇게나 다급할까요? 그래서 옛사람들이 한결같이 타이르고 있었나 봅니다. '한참 때는 두 번 오지 아니하고, 하루엔 새벽이 다시 있지 아니하니, 마땅히 그때 그때 해야할 일을 힘써하라' 고 말입니다. 일찍이 주자(朱子)도 '아, 늙음이여, 이게 누구의 허물인고(嗚呼老矣 是誰之愆)' 하고 탄식한 바 있지요.

그러나 이 시의 지은이는 허송세월한 지난 날을 그저 탄식만 하고 있어서는 별 도움이 안된다고 하는군요. 후회만 하고 있기보다는 남은 세월만이라도 더욱 열심히 위기지학(爲己之學)에 전념하여 때묻은 몸과 마음을 닦아내야 한다고 하는군요. 아는 것만으로는 부족하고, 그것을 실천하는 적극성이 더 필요하다는 말이겠지요. 지당한 말씀입니다. 실천하는 양심이야말로 이 시대 우리들에게 더욱 간절히 요청되는 덕목 중의 하나임이 분명할 테니까요.

이 시의 지은이 강정일당(1772~1832)은 조선후기의 여류문인으로서, 당시 사대부가의 여성으로서는 드물게 시뿐만 아니라 성리학에도 깊은 조예가 있었다고 합니다. 문집 한 권이 전하는데, 결혼한 이후부터 본격적으로 공부를 시작한 만학(晩學)이라고 하니, 더욱 놀랍습니다.

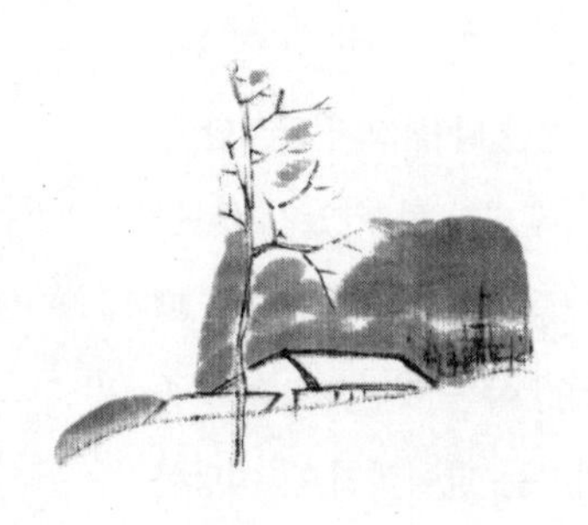

乍晴乍雨
雨還晴
天道
猶然
況世情
譽我便應
足毁我
逃名却自
爲求名
金時習詩

溪雲過水
添山翠
花片粘沙
作水香
有客停橈
釣春渚
滿船
清露
濕衣裳
董其昌詩
乙酉元春
南欽

그런데, 가만히 들여다보니
시도 하나의 길이었습니다
그것이 강을 얘기했던
산을 얘기했던
은일을 노래했던
분노를 내품었던
결국은 사람과 사람
사람과 세상 사이에 나 있는
여러 갈래의 길 중의
어느 하나일 뿐이라는 것을
알게 되었습니다

—〈인사말을 대신하여〉 중에서

값 7,500원
03810
9 788990 618085
ISBN 89-90618-08-8